單讀　One-way Street

生活在临终医院

————最后的光阴

薛舒 著

上海文艺出版社
Shanghai Literature & Art Publishing House

目录

一、他是谁

他躺在离窗户最近的床上，太阳透过玻璃照进来，落在他身上，斑驳的光影几乎晃着我的眼睛。我伸出手，轻轻抚了抚他左脸颊下端的一颗黑痣：爸爸，认识我吗？我是囡嗯（女儿）……他没有回答我，他瞪着眼睛看向窗外，眼球里没有反照出任何景物。窗外没有景物，窗外只是一片茫白的天空。

他在老年病房里住了整整五年，他失智、失能、丑陋、萎靡……他以一具不断散发出败坏气息的躯体的形式存在，像一头受伤的老动物，浑身破碎，奄奄一息。五年中，他的身躯从未离开过床，他全身的肌肤与一张一米宽、两米长的床紧密接触，白色的床单，以及床单上加铺的一层尿垫，成为他的第二或第三层皮肤，属于他自己的原生皮肤不断起屑、糜烂、生出脓疮、结痂、鱼鳞般脱落，然后，竭尽所能地重新生长，机体愈新的能力远远赶不上溃败的速度。

他一无所能，不认识任何人，不会说话，更没有能力主宰自己，哪怕换一个躺的姿势。唯一能脱离床的引力的，是他的双腿。在无法动弹的日子里，他拱起膝盖，把被子撑出一个小帐篷。这是他所剩无几的自由，除此以外，便是双手，但是，手的功能只剩下破坏。为了防止他抓自己的尿袋，扯碎绑在身上的尿裤，捞自己的粪便，抠坏自己的脸，护工把他的双手用看护带分别拴在床栏两侧。看护带留出十五厘米左右长度，于是，他的手就拥有了半径十五厘米的自由，他可以挥舞拳头，可以张开手掌拍打病床，围栏被拍得"哐哐"响……

最伶俐活泼的是他的嘴，咿呀呢喃，或者嘶吼啸叫，不知所云，却也不知疲倦。他嗓门很大，声线却并不光滑，像一把带倒刺的锥子，所到之处，把空气刮出毛毛刺刺的碎片。没有人对他空洞的嘶吼和啸叫提出异议，在这里，他不是唯一的噪音制造者。他的病友们，左邻右舍，各自发出属于他们的生命独奏，小声的哼哼、永不停歇的鼾声、痰气深重的呼吸、突如其来的呐喊，以及，不知缘由的号哭……这些声音，汇合成一支交响乐，终日持续演奏着。问题是，缺少一个指挥，没有人能让他们有序地开始，以及有序地停下。我总是想象，他是这支乐队里的小号手，不时吹出几个音节，高亢、嘹亮，只是演奏水平不够高超，乐器还用旧了，常常破音，或者漏气，不过这也并不能打击到他的自信，在"乐队"里，他是最乐此不疲的小号手。

进食是他最后的智商，喂给他食物，他会张嘴，努动几下腮帮子，一股脑儿地咽下去，一天比一天懒得咀嚼。那些食物，曾经是一个由马蹄碎与肉糜混合而成的肉丸子、一块浓油赤酱的大排骨、一条炸得焦香酥脆的鸡腿，或者青翠碧绿的小青菜，它们有着诱人的香味，葱姜、蚝油、豉汁，它们以色香味俱全的美食的样子被送进病房，但是，当它们即将进入他的嘴巴时，一定被打磨成了一团浆糊，介于白、绿、黄、棕、黑之间，色泽的复杂与不可言说，令人产生来历不明的怀疑。可是，无论如何，他需要吃，于是喂给他，用小汤勺，或者大针筒。浆糊注入他的口腔，就像投进一口昏黑的无底洞，源源不断地进去，一天以后，没有悬念地变成排泄物。

他因此而维持着生命，让他活着是我们的目标。可是，这样活着，有什么意义？

意义，是的，很长一段时间，我一直在思考，活着的意义是什么？活着要有意义，这是我们从小被教育的人生追求，譬如，把爱奉献给他人，把智力与体力贡献给社会与人类，哪怕是一名最普通的劳动者，渺小，却如同长城上的一块无名砖，没有任何人记得，却以螺丝钉的功能存在于一项伟大的工程，于是，它渺小的生命就变得有意义了。

然而，他，对于这世上的任何一切，都不再具备哪怕一丝意义。他不创造价值，他不劳动，他还霸占了至少两个全劳动力，他每天消耗的资源可以养活至少三个贫困地区的孩童，他接纳以及获得别人对他的照顾与奉献，但他不会反哺，不会回馈，不会感恩，因为，他完全忘了自己是谁。过往的一切，在他脑中消隐得极其干净。他像一条鱼，七秒钟的记忆令他的大脑像一块光滑的玻璃，细沙飘落在玻璃上，微风拂过，沙子飞扬而起，玻璃洁净如初。

然而对于我们，似乎，他依然具备活着的意义，他以他的活着，让我们感到自己正被需要，因为他是我们的父亲，我母亲共同生活了五十年的爱人，他与我们有过许许多多共同的时光，我们挽留他，一如挽留属于自己的时光。只是，他好像早已顾不上我们，他要追上他的时光，比赛一般往前飞奔，那些时光不会回来了，他便也把我们丢下，不再回头。而我们，就这么守着他，守着这个失去了所有记忆的人，捍卫着我们自己的记忆。

可是，我们的记忆并不能改变他，安抚他，让他变得健康，我们的记忆只是我们的，不是他的。所以，他这样没有记忆地活着，又有什么意义呢? 不明白失去与获得，不爱、不恨、不忧伤、不快乐……可是，谁知道呢? 也许他什么都明白，什么都懂得，只不过，他无法让我们知道，他是明白的，他是懂得的。

这就是我的父亲，从七十岁开始患上了阿尔茨海默病，某一天，他失控的大脑自行决定退休，然后，用了三年时间，大脑从指挥官的位置一点点卸任，最后成为一件再也无法修复的"报废"设备。

我清晰地记得他哪一天开始不再认识自己的家，又是在哪一天不再认识我们，他的妻子，他的女儿和儿子，我同样记得，他突然不会走路的那一天来临的时刻。

那天下午，他如同以往任何一天一样在客厅与卧室之间蹒跚移步，没有目标的行动很快使他失去耐心，他忽然让自己席地坐下，沉默着，再不肯起来。他深陷在自己的世界中，垂着眼皮，若有所思，他听不见我们劝他起来的声音，自始至终不屑于看我们一眼。我们动用了两个人，试图让他站起来，他被我们拉着手，臀部却紧紧贴着地板，没有一丝要借力的主动性。我们只能分别夹住他的两条手臂，托住他腋下，用尽全力把他提起来。他被我们牵扯着，终于发出一些如同劳动号子一般的声音，"哎哟噻、哎哟噻"，脚上却没有使出一丝力气。他像一个狡猾的孩子，用"哎哟噻"骗取我们的信心。我们哄他，承诺于他：起来，起来吃蛋糕……他不要蛋糕，他就是不要起来，狡猾的孩子变成了耍赖的孩子，他懒得和我们周旋，就那么坐在地板上，无声，目光空洞。最后，我们动用了四个人，把他抬到了床上。

我知道，他不是不愿意站起来，而是，他的大脑再也无法对他的肌体和器官发出有效的指令，他以不配合的姿态宣布，从此以后，他失智与失能的积累达到了质的飞跃。

在这之前一年，我们就开始考察周边的一些养老院和护理院，谁都知道，未来，他一定需要住进那样的地方。只不过那时候，他还能走路，还能自己拿着筷子扒饭吃，尿急时还会提着裤子兜兜转找马桶，还能和我们交谈几句，像两三岁的孩子，鹦鹉学舌，答非所问。他被我们关在家里，无所事事却不忘寻找出路，院门锁住了，他出不去，便在三个房间与一个客厅之间兜圈子。偶尔，进入洗手间，却再也找不到出来的门，四面都是墙壁，他就面对着其中一堵墙，一站就是半天，无声无息，像一个因为老去而思过的浪子。直到母亲找到他，把他拉出卫生间。他不再如发病最初两年那般躁狂、恐惧，他变得越来越温顺，我猜测，他脑库中的记忆已然消失殆尽，再没有令他留恋、追悔、惧怕，以及唯恐失去而挣扎夺取的东西，他正日益变成一具空壳，有血有肉的空壳。

那个周末，我的先生开着车，我们载着父亲和母亲出了门。他问：去哪里？

我说：爸爸，带你出去玩，好不好？

他举起双手，张开巴掌拍起来：好噢好噢！去玩了！哈哈……

他从来不是一个不苟言笑的父亲，他爱笑，大声，豪放，从我有记忆开始，他就是家里的气氛大使。他开母亲的玩笑，与她斗嘴，把母亲逼急了，自己发出一阵"哈哈哈"的大笑，那是他们之间的打情骂俏，并不避讳儿女，他愿意让我们分享他们作为成年夫妻的快乐。他还爱唱歌，家里随时都会响起他脱口而出的歌声，他的声带柔韧而灵活，最擅长的是蒙古族歌曲，婉转周折的长调，一开口，余音绕梁。遇到我和弟弟考了好成绩，或者得奖，他会在晚餐的时候给自己倒一杯小酒，喋一口，咽下，而后抿起嘴，嘴角上翘，薄薄的上唇透出一股笑的意味，很帅的样子，那是他在最自豪与自信的时候的笑。接下去，他的自豪与自信会绽放得更盛大，两杯小酒下肚，他就会发出"哈哈哈"的笑声，为儿女童言无忌的某一句妙言，或者，为我母亲偶尔的幽默细胞，他慷慨地送出喝彩、捧场，以及鼓励。是的，他担负着把家庭气氛搞得更欢乐更活跃的责任，当然，有时候，他也会把气氛搞砸。比如，在我不尽如人意的考试成绩出来的那一天晚上，或者，他被我的班主任告状，有高年级男生给我写信……他不知道如何处理女儿的早恋问题，只能虎着脸，瞪着眼睛，伸出手：把信交出来！

他把那位男生的信收走了，第二天，我在忐忑中度过了整个白天。他会去找那个男生吗？高我两个年级，学生会干部，不高，不帅，却是学霸。他会不会骂他一顿？要是男生犟头倔脑，他会不会出手甩人家一耳光？或者，去找男生的家长理论？也许会争吵起来，相互指责没有教育好儿女，拉上各自的班主任评理……我在想象中预习了一遍丢尽脸的感觉，这让我几乎生出离家出走的念头。

傍晚，他回家了，拎着两条鱼，一颗牛心。那天不是任何节日，可是那天我们家的晚餐比任何非节假日丰盛。他还喝了点酒，二锅头，从一个贴着红商标的绿色玻璃瓶里倒出来，续了两次。他像什么事都没发生过一样吃得津津有味，而我，也已沉溺于美餐的享用，甚至忘了至少应该做出一副忐忑不安的样子。

这事儿就这么过去了，而我，一直没敢问他，他是怎么处理那封信的。

多年以后，我已工作，有一次，在公交站排队等车，我前面的年轻人扭头，顿时，我们面面相觑。男生与高中时相比，并没有多大变化，不高，不帅，戴眼镜，腮帮子上留着大片青春痘消失之后的疤痕。我们上了同一班车，我们聊了不少共同认识的人，以及很多有趣或者无聊的话题。他占据了对话的主动权，语速略快，带有一丝自诩的刻意，是属于年轻人的自大，抑或自卑。从头至尾，我们没有说起那封信的归处与结局，我不问，他也不提。

这是我青春的悬案，破案者是他，唯一的人，我的父亲。然而现在，我已经无法从他口中得到答案。

这会儿，我们正开着车，带着他，我们准备去参观一所养老院，那个地方，也许是他未来的归处，他会带着一个属于我的秘密，在那个地方度过他一无所知的余生吗？可是，他并不知道我们要带他去哪里，我告诉他：爸爸，我们出去玩好不好？

他知道出去玩是一件开心的事，他坐在车里，两只手扶住前排座椅靠背，腰背挺直，身体前倾，迫不及待的样子。可是一分钟不到，他又问：去哪里？

我又说了一遍：带你去玩啊！

他再一次拍巴掌：好噢！去玩了！哈哈……

快乐在他脑中停驻的时间果然短暂到只是几秒钟，从家到养老院，大约三公里，他反复问了多次"去哪里"，多次拍巴掌表示由衷的欢喜。倘若可以一直让他这么快乐，我愿意开着车，带他出去兜风，被他无数次询问"去哪里"，无数次回答他"带你出去玩"，无数次听他拍着巴掌"哈哈"地笑。

到达养老院，进大门，宽阔的草坪上散落着几栋西式小洋楼，红色外墙，蓝色屋顶，像童话绘本里的房子，可以住白雪公主与七个小矮人。如果不进楼栋，我会怀疑这是一所学费昂贵的高端幼儿园。好吧，让我们进去看看这个童话世界吧，他还能蹒跚走路，他被母亲牵着手，移步进楼。

一位穿淡粉色制服裙的年轻护工抱着一叠白床单从走廊尽头走来，看见我们，知道又有病人和家属来探访咨询，便停住脚步，冲他笑眯眯地问候：你好啊！

他仿佛认识她一般，反应很快地答复：你好！脸上却是一片茫然。他当然不知道这里是养老院，他是来玩的，这个与他打招呼的姑娘，是谁呢？

护工问他：你认识我吗？

他脸上堆起疑惑，嘴里支支吾吾，不知所云。护工笑着说：我是你女儿啊！是不是？

他不相信，却也不反驳，只是牵住老伴的手握得更紧了一些。

护工又说：到这里来住吧，我照顾你，我陪你，好吗？他依然无语，脸上的表情却从犹疑变得警惕。护工笑了，而后冲我们摆摆手，抱着床单转身离开了。

这是一家标杆养老院，叫浦东新区福利院，位于川沙新镇，环境优美，有着不错的居住和活动条件，护理院分部专门收住失去自理能力的老人。护工的职业素质似乎不错，这让我们稍觉欣慰与信任，况且，这里离家不远，倘若把父亲送来，母亲还可以每天来看看他，陪陪他。

他是谁

一路走进居住区域，走廊里开始出现白头老人，有的坐在轮椅上，一脸呆滞，或者紧蹙双眉，目光里写满紧张与不信任；有的被护工搀扶着跟跄移动，歪着脖子，佝偻着身躯；有的坐在椅子上，来探望的家属正替老人理发，脖子里缠着围单，张开的嘴角边，口水滴滴答答地淌下来，围单上沾满花白的碎发，以及一摊摊口水渐干的黄斑；更多的老人，躺在走廊两侧的卧室里，有三人间、二人间，也有单人间，看不清被窝深处的脸，只见一床一床隆起的白色被子，被子里，是一具具存活着的肉体，静静地存活着……

　　他被母亲牵着，一步步走入，那种类似于发霉的宿古气味越发浓烈，这就是垂老的气息吧？我想。我们停在活动大厅，很快，之前不知藏身于何处的老人们一个个冒了出来，他们发现了陌生人，他们像蛰居的昆虫，忽然闻出一些外来者入侵他们领地的危险气味，于是从自己的洞穴里蹒跚而出，渐渐地靠近外来者。

　　没有人与不速之客打招呼，他们默默地聚拢，默默地开始了对外来者的观瞻。我们被那些毫不避讳的直视的目光、好奇的目光、疑惑的目光、敌视的目光、友好的目光，或者没有任何情感色彩的目光包围了起来。不知道为什么，被众多垂老的目光凝视，我忽然生出些许恐惧，仿佛，被他们这么看着，我勉强还算年轻的灵魂就会被一丝丝摄去，不知道哪一个瞬间，我就变成了和他们一样的老人，满头白发、满脸褶皱、目光模糊、一脸蠢相……是的，他们看着我们，每一张脸上都布满了蠢钝的笑容，或者空洞的忧伤。

我退后几步，站到老人们围起来的圈外。他被母亲牵着，依然站在中间，我看着他，以及他们，好像，他天然就是他们这个群体中的一员，一点儿都不显得突兀。他与他们是同一类人，不得不，我在心里承认，他用与他们相似的容貌、表情、姿势，通过了这群人的面试，他可以进入他们的"合唱团"了，肉体上，以及精神上，他们如出一辙。

活动大厅四周散放着一些崭新的沙发和茶几，坐在沙发上，可以看见宽阔的玻璃墙外绿意葱茏的花园。大厅中间，是一个从地面到天顶的巨大的玻璃鱼缸，上百条红色、黑色、银色的金鱼在与老人们比肩的位置摇头弋尾。鱼缸四周摆着一圈盆栽，玻璃映照下，密密扎扎的绿叶显得格外油亮剔透。

如此众多的动物和植物，生机勃勃着，近乎带着讽刺的意味。可我不得不承认，这里是养老院，这里需要蓬勃的生命，五彩斑斓的花草、郁郁葱葱的树木，以及摇头摆尾的金鱼，它们的存在，也许就是为了遮盖这个拥塞着老人的地方无处不在的迟暮色调，以及掩藏那些与死亡无限接近的气味。

这样的地方不属于我，母亲却喜欢，她叹了一口气，说的却是赞美的话：环境真好，简直无可挑剔。然后，她转过脸，对他说：老薛，以后你就住在这里，好不好？

他似乎听懂了，抬头看向母亲，却不说话。我走到他身旁，在他耳边重复了一遍：爸爸，以后住到这里来，要不要？

他呆怔着，咧了咧嘴，忽然露出一个笑，浅浅的，鼻梁微微皱起，憨厚，不知所措。接下去，他竟让这个笑在脸上保持了十秒钟。自从他患了阿尔茨海默病，他的任何表情，都是瞬间即逝的，而这个不知所措的笑容，却在他脸上停住了。

忽然一阵心酸。这是一个什么样的笑啊！我的父亲，他笑起来应该是"哈哈哈"的，或者，抿着嘴，嘴角上翘，薄薄的上唇透出笑的意味，那是他在最自豪、最自信的时候的笑。可是，这个十秒钟的笑，却是我从未见过的笑，尴尬、不甘、讨好、祈求……

他不愿意住在这里，我确定，可他无法说出自己的想法，他只能用一个笑来表达他的不同意见，卑微到可怜的笑。让我想想，他年轻的时候，或者，还未病发的时候，是如何表达他的不同意见的? 譬如，他对子女的择偶或者择业有不同意见时，他的确会笑，无声的微笑，撇撇嘴，带着一丝大人不记小人过的宽容；或者，含着一层"再考虑考虑"的意思，不强求的、委婉的笑。是的，他是一个开明的父亲，没有"老子天下第一"的自我定位，但他也不会低声下气，顶多，他笑笑，这笑里，包含的意思只是"你有权选择你的人生，我有权保留我的意见"，这样的方式，令我确定他是自信的，同时，他信任他的孩子。

然而现在，他的笑，却显得无奈而又无助，他仿佛知道自己将被"遗弃"，他将被迫离开家，在这个陌生的地方孤独地生活，于是，他对着他的妻子和孩子，发出了祈求的笑。

母亲看见他这样笑着，顿时就红了眼圈，她牵起他的手，拉住他，慌忙往走廊另一头碎步而去，仿佛急于逃离，嘴里念叨着：好好，我们不住这里，我们回家!

他本是木然中带着尴尬的脸色忽地一松，随即跟着喊起来：回家喽，回家喽!

终于明白，出去玩使他快乐，回家，使他更快乐。他被母亲牵着往大楼门口走去，脚步甚而带着意欲跳跃起来的轻盈。他无法让自己跳起来，可我还是看出来，他雀跃了几步，或者，那只是我的想象。

我们没有再动过要让他住养老院的念头，只要他还能走动，还能端起碗往嘴里扒饭，尿急时还能兜兜转着找马桶，我们就不送他去养老院。就这样，一年很快过去了，他终于不能走动，不会端起碗往嘴里扒饭了。他也再找不到马桶在哪里，他走在卧室、厨房，或者客厅，他想象中的马桶需要出现，便出现在他眼前，整个家的任何角落，随时可以成为他的游乐场、厕所、沙滩、浴缸、床铺……家里成了战场，随时需要换床单、拖地板、清洗衣物，撸着鼻子到处追闻哪里传来的尿臊味儿……母亲痛心疾首：老薛啊！求求你了，大小便要喊我，你为什么不喊？和你说了多少次，你怎么记不住？你像个白痴啊！

他看着她，一脸无辜，没有羞愧，也没有愤怒。他不是像白痴，而是，真正的白痴。这不是他自愿的，他没有错，我们都知道，可是我们依然无法原谅他自说自话地变成了一个白痴。

你太自私了！母亲恨恨地对他说，而后强行拉着他进浴室，打开淋浴器，与他一起站在喷头下，洗干净他，替他穿戴整齐，自己浑身湿淋淋地扶着他，送他出浴室，而后，由我看着他，她再进浴室，清洗自己……

终于到了这一天，他不再愿意双脚着地，他不肯再挪动哪怕一步。我们把他安顿在轮椅上，他整个身躯自动下滑，直至滑到地上。他只能躺在床上，并且，我们无法再拉他起来，他的肢体放弃了主动出击的生命运动。一度，我们感到了轻松，因为无须再跟着他到处跑，无须监督他是否随地大小便，无须担心他是否又去拧开煤气灶或者按下房内的红色紧急救援按钮。他变成了婴儿，出生几个月，连翻身都不会，随我们摆布的婴儿。

然而，他可没那么容易被摆布，他需要穿上成人尿不湿，他还需要洗脸、洗脚、洗澡，他更需要频繁翻身，因为，长期与床垫压迫的皮肤已经有了溃烂的趋势，褥疮开始侵袭他的臀部和大腿根……他压根不是一个婴儿，他有一百四十多斤，每一次搬动他的身躯，就是一次翻天覆地的垦荒。他开始莫名发烧，家里充满了屎尿气息，想给他晒一次太阳，成了世上最难的事……要怎么做，才能让他继续洁净地活着？

送他去养老院的日子，就这么逼迫而来了，这一天总归要来的，我们都知道。于是，我们开始寻找一处可以收留他的地方，是寻找，不是考察。

二、七号床

1、卫生院

　　爸爸，吃苹果了！我端着一杯刚用粉碎机打好的果泥，舀出一小勺，金属汤匙触碰到他的嘴唇，他立即张嘴，吞下。在我还没有把第二勺送到他嘴边时，他再次张开了嘴，像一只嗷嗷待哺的垂老的稚雀。

　　他用他洞开的口腔告诉我，他还知道进食。"爸爸，这么乖啊！"我把第二勺果泥送进他嘴里。他在吞咽，嗓子眼里发出"咕"的一声，咽下去的同时，他抬起眼皮看我，好像要与我对视。进食使他安静，脸上没有扭曲的怪异表情，甚至，还带着一丝真诚的意味，感激，抑或欣慰？其实，这只是我的想象，我知道，他看不见我，看不见所有人，在他眼里，我们都是面目模糊的陌生人。

他终于住进了医院，现在他的代号是"7号床"。

"7号床"是一个新的称谓，他听不懂，他连自己的名字都不记得，也不记得除了名字以外的另一些称谓，比如他的妻子叫他"老头子"，他的儿子和女儿叫他"爸爸"，他的外孙管他叫"外公"，还有他的老朋友、老同事，他们叫他"老薛"，以及很久很久以前，老家的长辈，叫他"阿富"……他的目光始终涣散，没有聚焦点，来探望他的人呼唤他，他大多时候保持沉默，偶尔，发出没有意义的三个字，"哎哟噻"。他的语言功能退化到只剩下这三个字，"哎哟噻"成为他应对一切的语言。

这是他患上阿尔茨海默病的第三个年头，2015年的春天正喧喧嚷嚷地赶来。

三年前，也是这个季节，他开始发病。正是春暖花开的时候，院子里一棵十岁树龄的黄杏满头满脑地开出了一树粉白花，他从沙洲老家带回的一棵樱桃树苗刚栽下一年，第一缕春风拂过，还未茂盛起来的疏朗枝条上冒出了嫩绿中带水红的芽尖。天光下的万物都在春天的暖风中苏醒过来，他却在屋檐的笼罩下进入记忆的隆冬。那段日子，他时刻处于狂躁、怀疑、惊惧中，他像疯子一样折磨我们，而我们必须呵护他，像呵护一个孩子。可他不是孩子，他没有像孩子一样给我们带来希望，他不会成长，更不会进步，他已进入生命的退化阶段。

三年过去了，樱桃树学会了开花，也许今年能挂果。只是，病发初期亲手种下樱桃树的他，早已不记得家在何方，他也看不见樱桃树开花、结果了，因为，他住进了医院。

是的，他离开生活了二十多年的那所房子，离开了他的家，他被我们送去了十公里外的一所小镇医院。这种医院，过去叫卫生院，现在，叫"社区卫生服务中心"，在市区，人们把这种级别的医院，叫地段医院。这里是城市医疗与养老谱系中，触角深入到最底层、最遥远的地方，因为是医院，除了护工费与伙食费，最基础的住院、治疗及用药可以使用医保。这是母亲的决定，她在替他考量未来去处时，总是把可以使用医保列为必要条件。她说，倘若老头子知道，肯定不同意我们送他去那种一个月就要花上万元的护理院。

他的确没有创造任何价值的能力了，但他不希望拖累子女，所以，"花在他身上的钱，不能超过国家给他的退休金"。母亲这么说的时候，语气肯定，表情坚定，仿佛这是前一晚父亲在枕边对她的交代，作为养活自己的定额，退休金成为一个标准。

母亲早已打听清楚周边社区卫生服务中心的收费标准，住院及医疗费每月起底三千元，倘若疾病缠身，需要经常检查、用药、挂水，就要七八千，再加每天68元的护工费，月平均两千元，总费用大约在五千元到一万元不等。然而，倘若使用医保，社区卫生服务中心这样的一级医院，住院及医疗费用只需自付10%。如此，按平均数算，总费用在三千五百元左右。这是一个完美的数字，更是一个完美的去处，对于父亲而言。因为那一年，父亲的退休金刚及四千元。

很幸运，在需要一所医院收留他的时候，我想到了我的小学同学丁小丁，一名小镇卫生院的五官科医生。

卫生院，姑且让我这么称呼它吧，这种古老的叫法，加剧了我童年记忆中恐怖与幸福的印象。打针的疼痛和来苏尔消毒药水的专业气味总是让童年的我心怀恐惧，因为生病而获得的苹果和蛋糕却总是令我神往。那时候，小孩发痧子、种牛痘、打针、挖疔疮、打蛔虫、拔牙、补牙、开麦粒肿，都去卫生院，甚至女人生孩子，去的也是卫生院。有的卫生院里驻扎着一名世袭中医，或者某位下放骨科大夫、外科医生，方圆周边有人骨折了、阑尾炎了，也会去卫生院接骨、开刀。那时候的卫生院，远比现在重要，人们一旦生病，首先想到的是去卫生院，很少有人会选择百十公里外的大医院，因为路途遥远、交通不便，况且卫生院什么都有，门诊、急诊、注射室、化验室、手术室、住院部，一应俱全，甚至，还有太平间。

小学三年级的暑假，某日午后，街上忽然涌来一群人，他们抬着一块褐色的门板，门板上躺着一具着碎花衬衣的躯体，他们从百货店、五金店、杂货店、生产资料店门口呼啸而过。人群中不乏兴致勃勃的跟随者，也有几个一路奔跑着哭泣的人，其中有我的好朋友丁小丁，她矮于普通三年级学生的身量让她几乎被淹没，但我还是听见了她巨大的哭声，以及语焉不详的喊叫。我跟随着人群追去，一边追，一边喊：丁小丁——

人们涌进卫生院，抬人的男人被轰了出来，诊室的门关上了，所有人都挤在走廊里。我找到靠在墙角边的丁小丁：你怎么了？

她看了我一眼，没理我，已经闭上的嘴巴再次张开，哭声从她扁而阔的嘴里涌出，伴随着周围浓烈的药水味儿，弥漫了整个急诊区。她哭得很用力，脸涨得通红，圆脸被揉皱，像一颗红色的核桃，这使她变得很难看，当然，她本来就不好看。不过，她被老师表扬过小巧玲珑，在我们学到这个成语的时候，老师指着她举例：丁小丁是一个小巧玲珑的同学。那时候，我带着些许羡慕与嫉妒，心里暗暗责怪母亲把我生得这般高大，排座位永远是倒数第二排……可我还是和丁小丁成了朋友，因为，在六一儿童节的游园推荐中，她举荐了我。全班同学，只能去一半，车坐不下，老师说，小朋友们举手推荐，你觉得谁可以去？丁小丁举起了手，我听见她提到了我的名字，理由是，"薛许"好。于是我也举起手，投桃报李地推荐了她，我的理由与她一样：因为丁小丁好。

那时候，我们上课发言不讲普通话，我的名字，用浦东方言念来，就是"薛许"。我和丁小丁的默契就此达成，虽然我们的理由听起来愚蠢而空洞，但我们都觉得，"好"这个字，足以相互成就。我们都很好，虽然，我们俩谁都不知道，我们到底好在哪里。

我们成了好朋友，而我们几乎没有共同点，我高大，她矮小；我白皙，她黝黑；我是家里的老大，下面有一个弟弟，她是家里的老小，上面有一个姐姐和一个哥哥……我带着良好的自我感觉，默默地对照着我们之间的异同，我惊异地发现，我和她之间甚至没有一处相似的地方。这让我怀疑，我们是不是适合成为好朋友？然而，有一天，丁小丁突然对我说：我不喜欢我的名字，这个名字听起来不像女孩。

我终于找到了我们的共同点，我也不喜欢我的名字，并且，我们不喜欢自己的名字的理由是一样的。丁小丁说：我喜欢我姐姐的名字，她叫丁月萍，要是没有我姐姐，这个名字就应该是我的。她这么说的时候，几乎有些怨恨她的姐姐，姐姐抢先出生，把原本属于丁小丁的名字夺走了。

我只有一个弟弟，没有姐姐或妹妹，家里没有一个现成的属于女孩的名字被我取用，我只能无数次翻阅《新华字典》，找出很多个描述漂亮、曼妙、飒爽、美好的女性的字眼，终于，我找到了一个令自己满意的名字。我告诉丁小丁，我改名字啦，以后你就叫我"薛秀英"吧。丁小丁表示了隆重的惊喜和赞同，她跳起来，高喊一声：太好了！

是的，"薛秀英"比"薛许"像女孩多了，"丁月萍"也远比"丁小丁"更适合做女孩的名字。从那以后，我和丁小丁之间有了一个彼此欣赏的共同点，我愿意叫自己"薛秀英"，她愿意叫自己"丁月萍"。于是，我们的友谊变得更牢固了。

但是这一天，在卫生院的走廊里，丁小丁哭得很专注，从头至尾没有理我，似乎，我们的友谊在一场我还未曾了解真相的灾祸面前变得不可靠。我猜测，那具被一路抬到卫生院、此刻正关在诊室里被治疗的穿碎花衬衣的躯体，与丁小丁密切相关。我问：是你妈妈吗？

她还是不理我，只盯着诊室的方向执着地哭泣。仿佛过了一个世纪，诊室的门终于开了，丁小丁突然往后退了一步，瘦小的身躯紧缩到我身后。一位男医生走出来，白大褂上缀着新鲜的黄褐色污渍：没抢救过来，人没了……家属呢？送太平间吧。

几个成年人哭喊着冲进诊室，丁小丁却没有跟进去，她依然躲在我身后，连哭泣都忘了。她的退缩令我感到了真实的恐惧，而恐惧，让我忽然变得残忍和决绝。我一把推开缩在身后的丁小丁，拔腿往外跑去，我冲出急诊室走廊，冲出医院，哭声离我越来越远，卫生院的大门被我甩在身后，生产资料店、杂货店、五金店、百货店从我身侧闪掠而过，与此同时，"太平间"这个词，在我脑中不断地翻飞。

那是我人生第一次见证医院与死亡的关系，在我十岁的童年。

第二天，消息传遍全镇，丁家大女儿丁月萍喝"乐果"死了，自杀。初中二年级少女用蹩脚的文字留下一封遗书，写在一张从练习本里撕下来的纸上：你们喜欢妹妹，要我来干吗？我切萝卜，切肉，做饭，洗衣服，我吃不到肉，我吃萝卜，我是错的，挨打的总是我……她不是一个优等生，她的作文肯定很差，可她还是写出了对自己存在于人间的困惑。

丁月萍的遗书让我产生了些许代入感，作为非独生子女家庭中的老大，我仿佛经历了与她一样的委屈与牺牲，虽然，我的父母不曾独独让我挨打，小学三年级的我还未曾尝试过用一把巨大的菜刀去切萝卜、切肉，我只学会了洗自己的手绢和袜子，还有，依着母亲的嘱咐，在煤饼炉前盯着粥锅，等待沸腾。当黏稠的白色粥沫顶开锅盖的一刹那，我立即掀开盖子，让敞着盖子的粥锅继续在炉子上炖着，然后拔腿奔出门，加入场地上玩耍的小伙伴。我也从来不曾被限制吃肉，大排骨或者狮子头，总是和弟弟一人一份，可是我不知道，倘若碗里只剩下一块肉的话，这块肉会不会不属于我？我努力回忆，却不记得是否和弟弟抢过最后一块肉。当然，我深深地记得那一幕幕令我气愤的情景，譬如，我和弟弟闹矛盾，发生纠纷，父母永远只对吵架或者打架这种不文明的表象给予我们各打五十大板的惩罚，他们不愿意倾听吵架或打架背后的原因，他们惩罚参与纠纷的所有人，他们不分青红皂白的态度和处理方式让我倍感委屈，名义上的惩罚变成了实质上的镇压，他们的目的不是讲理，而是，让家里归复平静……这一切，成了我作为老大在家里受苦受难的证据，于是，我终是认为弟弟比我更得父母的宠爱，虽然，我并不十分肯定这个结论的可靠性。有一段时间，我总是耿耿于怀，我认为我的弟弟欠我一个道歉，为了他，我受了很多委屈，等他长大后，他应该偿还我，我要屈辱而又倔强地活下去，等着他给我道歉的那一天到来……

长大后，我没有向弟弟索要"道歉"，我为童年的自己觉得可笑。我和弟弟，我们关系密切，感情深厚，我很庆幸，我倔强地长成了一个成熟的人。然而，丁月萍没有像我一样"屈辱"而又"倔强"地活下去，她的生命，停止在初中二年级的少女时代，也许是那一日，他们家碗里的最后一块肉压死了她。我不知道丁小丁是否会愧疚，她的姐姐死了，死因牵涉父母分配给她的爱多于给姐姐的。可是姐姐霸占了那个好听的名字，而她，只能拥有一个不像女孩的潦草的名字。这么想的时候，我有些不知所措，不知道该同情丁月萍，还是该理解丁小丁。

"乐果"，是丁小丁的爸爸从厂里带回家的，一瓶浅棕色乳剂，有白色结晶，以及樟脑气味，他试图用它毒杀出没于家中的蟑螂。这是当年我所能知晓的全部信息，让我心生奇异联想的是"乐果"这个名字，虽然它是一种毒药，可它拥有一个可爱而又充满动画色彩的名字——"乐果"，为什么？是因为喝了它，人就会升入那个只有快乐没有忧愁的极乐世界吗？

当然不是，它只是一种为果树除害虫的农药，"乐果"的意义，并非在于毒杀人类。多年以后，我才知道，乐果是一种高效广谱具有触杀性和内吸性的杀虫杀螨剂，杀虫范围广，能防治蚜虫、红蜘蛛、潜叶蝇、蓟马、果实蝇、叶蜂、飞虱、叶蝉、介壳虫……

一个月后，暑假的末尾，我被母亲押着去她的单位。离开学只剩下一个星期，我的暑假作业却还剩下一半没完成，她要全程监督我补作业。母亲是一家烟糖杂货批发部的会计，那一日，我在她"噼里啪啦"的算盘声中写了很久很久作业，我的鼻息里充满了香烟、肥皂、草纸、糖果的混合气味，我低着头，假装思考，胡乱涂写。不知过了多久，忽然听见有人喊我：薛许！我抬头，是丁小丁。

丁小丁穿着一件红花衬衣，显然是新的，没有一丝皱纹，却不合身，袖口淹没了手掌，下摆长及膝盖。她穿着长褂般的红花衬衣，像一个成年妇女一样，用她脱颖而出的胯骨倚靠在母亲办公室的门框边，抬着下巴看着我，眼光殷切。

我几乎雀跃而起，却在眼角的余光里看见母亲紧皱的眉头。理智压倒了冲动，我重新坐定，脑中忽然闪过那段与"卫生院""太平间""乐果"相关的不远的往事，恐惧再次笼罩。我惶惶地低下头，佯装继续补作业，没有理睬丁小丁。可是我又很想对她说：你看你，怎么又忘了，你应该叫我薛秀英，而不是薛许，我俩说好的……我还想对她说：现在你可不可以叫丁月萍了？那个和你抢名字的人，再也用不上这个名字了……

我什么都没说，只是低着头补作业，任凭她落寞地靠在门框边。大约终于不再对我抱希望，十分钟后，丁小丁默默地走了，没有和我说再见。我抬起眼皮看门框外越来越小的背影，长褂般的红花衬衣在烈日下闪耀着新衣特有的光芒，隆重的、刻意的、土里土气的光芒。

这件红花衬衣，如果穿在丁月萍身上，应该更合适，我想。

那以后，我与丁小丁再无交集，虽然我们还是住在同一个小镇上，我们也在同一所小学的同一个班里念书，但我的记忆却对此后有关丁小丁的一切并无刻录，我想不起来丁小丁有没有和我一起升入我们镇上的那所中学，也不记得初中毕业后，她有没有和我上了同一所高中。我把她忘了，不知道是因为恐惧，还是作为一个孩子来自人之初的天然"势利"？

很多年过去后，有一次，我回我的童年小镇参加一位远房亲戚的婚礼，在男方的迎亲队伍里，我看见了丁小丁。是她先认出了我，她拨开人群，大步向我直冲而来：薛许——我注意到她宽壮的胯骨，这让我想起多年前那个暑假的尾声，她穿着一件长过膝盖的红花衬衣，初露端倪的女性胯骨靠在烟糖批发部的门框上，她抬起下巴，殷切地看着我：薛许——

我们重聚了，二十年后的这一天。我们开始了热烈的交谈，竟没有隔阂。她告诉我，她已经是一对双胞胎女儿的妈妈，她还向我介绍了她的丈夫，拐弯抹角一路追踪，我们惊喜地发现，她的丈夫竟是我外婆的干儿子。那么，我岂不是要叫你"舅妈"？我问她。她哈哈大笑，笑声巨大到恨不得掀翻屋顶。

当然，她还是丁小丁，黝黑，带点土气，成年的她不再"小巧玲珑"，个子却照旧矮，大约一米五零出头。她没有变得比小时候哪怕漂亮一点点，可她看起来快乐、活泼，时不时地发出一串串笑声。说话的时候，她始终看着我，专注、礼貌，我猜测，她现在过得不错。果然，她说她在镇上的卫生院工作，五官科，医生。

就是那所卫生院吧？多年前的某个夏日午后，丁月萍的生命终止于此。现在，她的妹妹丁小丁成了一名医生，她每天在那里上班。那所卫生院，让童年的我第一次对死亡有了确切的印象。

与丁小丁的相遇，只是一场偶然的邂逅，似乎，我们谁都不认为往后我们还需要相互联络。又是很多年过去了，因为患病的父亲需要住院，我终于又想起了丁小丁，在小镇卫生院里当医生的我的小学同学。

我决定去找外婆，因为她的干儿子是丁小丁的丈夫。我暗下思忖，这一脉并不算亲戚的遥远的亲戚关系，应该比我与她同过学更有效。

2、丁医生

五官科医生丁小丁一上班就接待了四位病人，第一位中年妇女，来配鼻炎滴液，显然她与丁医生相熟，除了病情细节、用药注意事项，她们还交谈了甚多题外话，譬如街上的"新潮"鞋城要拆了，在大甩卖，一双蓝棠皮鞋才三十元……

　　第二位，是一个五十多岁的男人，梳大背头，穿棕色皮风衣，进来就说已经在仁济医院看过病，是中耳炎，来卫生院就是配个消炎药水，说着拿出一张单子，上面写着药名。为什么来卫生院配药？便宜啊！这种药，在三级医院是十块九，在这里七块八。肯定是中耳炎，我连襟是仁济医院的医生，我找他看的病，不会错，你给我配药就行了，不用检查……皮夹克男人对廉价的卫生院的态度仿如淘宝，去名品店逛一圈，拍照，记下款式型号，花更少的钱上淘宝购买。

　　第三个病人，是一位七十多岁的老太太，戴着绒线帽，捂着眼睛，被家人扶着进入诊室。家人说，老太太眼睛里进了沙，他们帮着吹，好像吹掉了，也好像没吹掉，总之，眼睛又红又痛。丁医生拿两根手指拨开老太太松弛得如同穿久了的袜子一样的眼皮，检查了一番，说已经没沙子了，滴三天眼药水就能好，然后给病人开了两种眼药水。老太太的家人问：为啥是两种？不甚信任的表情。丁医生垂着眼皮，沉着回答：一种消炎，一种抗过敏。

　　接着来了一个小伙子，隔夜吃鱼，鱼刺卡在喉咙里，哽了一夜。丁医生的技术不错，一把镊子探进病人大张的嘴巴，瞬间，小伙子干呕了两声，镊子退出口腔，尖上夹着一丝透明针样物，带着黏稠的唾液。小伙子又试着吞了一下口水，好了，完全没事了，药也不用配，高高兴兴地走了。

早上刚开诊，病人一窝蜂地来，看完这一波，丁医生就空闲下来，要么在五官科门诊室里闲坐，要么与隔壁的医生护士聊聊天，有时候，与她那两个已经上大学的双胞胎女儿聊一会儿视频。也有忙碌的时候，比如今天，除了接待门诊病人，她还要去帮干娘的女婿办理入院的诸多事宜。

前些日子，干娘忽然造访，干娘拄着拐杖站在五官科诊室门口喊：三囡。

"三囡"抬头：咦，寄妈，你怎么来了？

浦东人把干娘叫"寄妈"。"三囡"是丁医生的乳名，小镇弹丸之地，认识丁医生的长辈甚多，都叫她"三囡"。这是一个残酷的乳名，它反复提醒着人们，她的原生家庭应该有三个孩子，只不过其中一个已在三十多年前那个惨烈的夏日午后自行消失。

干娘说：三囡你忙不忙？我有件事体与你商量……干娘已经八十七岁，身体还算健朗，干娘每天都要跑一趟卫生院，因为，干爹在住院部一躺就是两年，从八十六岁躺到如今的八十八岁。脑出血，命救了回来，人却瘫在了床上，虽说子女有七个，但个个都有更要紧的事做，上班的、带孙子的、做生意的、炒股票的，没人能全天候守在他身边。好在有这么一家卫生院住着，每天的吃喝拉撒都由护工打理。

如今的卫生院，与过去相比，功能发生了很大的变化。因为交通的越发便利，人们一旦患病，都选择条件更好、水平更高的二级、三级医院，只要坐上半小时、二十分钟的公交车或地铁，就可以到达浦东新区人民医院、东方医院、仁济医院。这些年，几乎家家都有车了，去华山医院、瑞金医院、中山医院，都是一小时之内的路程，找大医院的专家看病，毕竟使人放心。如此一来，小镇卫生院，特别是门诊部，近乎到了门可罗雀的地步。这里接待的病人，都是周边还未完全脱离农村进入城市生活的乡人，或者，外来务工的农民工。相对门诊部的萧条，住院部却成了"吃香"的地方，住在这里的病人，几乎全是老年人。

曾经查阅过一份《上海市养老服务市场研究报告》，文中提到，截至2019年12月，上海全市户籍人口中，60岁及以上老年人口有518.12万人，占户籍总人口的35.2%。同年，上海市养老机构总床位数量为15.16万张，以此计算，每千名老年人口拥有养老床位约为29.26张。在老龄化趋势显然的大都市，纵观全市近400家条件较好的养老院，内设门诊部或卫生所的养老机构加在一起不到5%，内设医务室的养老机构也仅有30%左右。对于失去生活自理能力的老人而言，卫生院成了最佳去处，一则，它远低于二级和三级医院的医疗费用，最大限度地降低了老年人口家庭的经济压力；二则，它兼具医疗和护理双重功能，"医养结合"的条件优于大多数社会福利院与护理院。

丁小丁所在的小镇卫生院，全名叫"曹镇社区卫生服务中心"。住院部总共二十六张病床，躺在床上的病人，几乎全是等待着生命最后归期的老人，有的因为中风、脑溢血而导致瘫痪，也有阿尔茨海默病病人，生活不能自理，家中又缺人手护理照顾，还有少数癌症晚期病人，因为年龄过大或身体无力承受手术和化疗，便住在卫生院进行姑息治疗。老人住进这里，短则几个月，长则几年，直至临终。如此，病床的更新便十分缓慢，住在医院里的二十六个病人的身后，有着三十个、五十个排队等候的老人。

此刻，五官科门诊室里没有病人，干娘便坐在就诊患者专座上，与丁医生聊起了家常，七拐八弯地聊了一大圈，足足十五分钟，终于绕到目的地：三囡，今天寻你，是为我家的大女婿，这么聪明的人，痴呆了，我的大女儿，就是你桂娟大阿姐，实在伺候不动他，想请你帮帮忙，在卫生院挂个号，留个床位……

干娘还不习惯把"卫生院"叫"社区卫生服务中心"，干娘所说的"床位"，便是很多很多老年人理想的安身之处。可是，等待一张床位空出来，不如说是等待死神的一次降临。干爹的护工小张就说过："你们早怎么没来登记？年前十八床刚升天。"

干爹当年住院没有找三囡帮忙，只因为卫生院的住院部刚开出新装修的一层楼面，二十六张病床还没住满病人，干爹很顺利地住了进去，病房还是儿女们替他选的，朝南的一个三人间。干爹住进去一个月后，空床位就没有了，病人住得"扑扑满"，登记挂号的老人更是排起了长队。现在，干娘的女婿要住进来，干娘就只好来找丁小丁了……

一个月后的某一天，正在上班中，我接到了外婆的电话：快来，有床位了，三囡说，今天要把入院手续办好，床位空在那里会被人投诉，多少人等着住院啊！现在就过来……

我把手头的工作交给同事，立即往浦东赶去。我的父亲，他正躺在家中的床上，母亲为了照顾他，老腰已经直不起来，满头白发没时间去染黑，三年来，她几乎没逛过街，没进过理发店，没去餐馆吃过一次饭，没离开过他一分钟……他离不开她，她因此而失去自由。卫生院里的一席之地是多么重要啊！一米宽、两米长的一张床，既是解放了母亲，也是解放了我，更是他活下去，哪怕是没有记忆甚至没有意识地活下去的条件。

到达曹镇社区卫生服务中心，在丁小丁医生的带领下，我很快为父亲办理了入院手续，只等第二天一早叫120救护车把他送来。

很久没有见到丁小丁了，上一次是在十五年前，同学的婚礼上。这一回见面，我们似乎都变得矜持了几许，除了客套和寒暄，我竟找不到可以与丁小丁攀谈的话题，幸好外婆在，才没有冷场。我的脸上除了持续堆起疲劳的微笑，完全不知道该用什么表情才能掩饰我内心的不安。是的，她是我的小学同学，可是四十年间，我们只见过一次，今天是第二次。我身上的所有细胞都充满了不安，腆下脸来求人的不安，怕遭遇冷落的不安，担心自己不够周到的不安……

办完入院手续，我和外婆一起到丁小丁的五官科门诊室里坐了一会儿，没有病人，丁小丁一个劲儿地和外婆说话：寄妈，你们把寄爹照顾得太好啦！昨天我去病房看寄爹，查房医生说，这个病人一时还死不了呢，看他脸色红润润的，除了不懂事，别的都好……

外婆只是笑。丁小丁继续说：寄爹胃口也好，吃得下，人都胖了，他的主治医生也说了，这个病人，一年里面是不会死的……

外婆还是笑，白皙的老脸开始浮出暗红。丁小丁用兴奋的语调反复说着"死"啊"死"的，死亡从这个热心肠的中年女医生嘴里说出来，变成了一个喜感的词。她让我一再确信，父亲能住进卫生院，该是一件值得庆贺的"喜事"。

3、入院

早晨七点半，中环高架，120救护车正缓慢移动着它方形的车身，我开着我的越野车紧随其后，与它保持着极限的车距。正是早高峰时段，高架上拥堵不堪，泥浆般的车流中，画着红十字的方形急救车像一个慢性子的胖子，笨拙而又迟钝。

他就在那辆开得并不着急的急救车里，以躺在担架上的方式，母亲陪着他。我的车上没有别人，后备箱里堆着他的衣物、专用被褥、防褥疮气垫床，以及好几箱尿垫、纸尿裤、脸盆、毛巾……

过隧道，上立交，过张江高科技园区，那片科技感十足的黄色和灰色楼群，其中有一栋，楼顶上矗着一对雕塑，我私下里把它叫作"谈恋爱的年轻人"。他们坐在楼顶边缘，与真人一般大，四条腿悬挂在楼墙外，浪漫而又危险。男孩搂着女孩的肩膀，女孩穿着红裙子，她低头靠向男孩，长发挡住她的一侧面孔。他们正在说情话，垂着眼皮，甜蜜、幸福、旁若无人。以往，开过这个路段，我总要多看一眼那对雕塑，他们在高科技园区的上空谈着地久天长的恋爱，每一分钟，他们都被途经中环高架的车辆观瞻，他们让我想到未来，心里便有几分抒情与感叹溢出，于是，莫名地，一边开着车，一边感动着自己。

然而今天，我却无暇欣赏那对谈恋爱的青年，我看见他们了，便知道，离目的地不远了。过了高峰路段，不再堵车，白色急救车终于开出了急迫的样子，快速、灵活、左冲右突。下高架，一个拐弯，再一个拐弯，林荫路边的大铁门显现，门边挂着铭牌：曹镇社区卫生服务中心。急救车一个拐弯，开进了大门。

他被急救员抬下车，担架下支起四个轮子，我们推着他往住院部快速靠近，前一天我已办过入院手续，走廊深处的第二间病房，进门第一张床，就是这里，我指着床位对母亲说。小张、小魏、小彭、小兰，还有小丁，所有护工闻声而动，一拥而上。她们把他从担架上抬起来，他配合着她们，挥舞着双手大声喊号子，如同歌唱一般，“哎哟嘿、哎哟嘿”……然后，他被她们扔在了那张珍贵无比的床上。身体接触到床的一刹那，他怔住了，表情开始凝固。护工小彭抓住他的手往被窝里塞，他大约感觉到了不妙，也许是发现自由正在失去，危机感迫近，恐慌感来临，劳动号子的歌唱戛然而止，表情越来越紧张，而后，突然举起右手，挥拳击打靠他最近的那个人。小彭笑着用她阜阳口音的普通话说：你还有力气打我啊？你还能了你？

他愤怒的眼睛瞪得极大，咬牙切齿，他要用一己之力与剥夺他自由的人搏斗，他不甘被困，他发出巨大的叫声，不是“哎哟嘿”，而是音节混乱的嚎叫。直到母亲握住他的手，柔声安抚：老薛，我在呢，我在这里，不害怕，我们不怕……他终于不再挣扎，手脚松软下来。“哎哟嘿”，他说，眼睛看向她，他的老伴，我的母亲，竟是凝视。

好了，7号床，从现在开始，这是他的代号，插在床头的病历卡上写着：薛金富，73岁，阿尔茨海默病、失智、失能……终于有一所医院接收了他，我像一个无力养育孩子的母亲，终于找到了一户愿意收留我的孩子的家庭，忽觉如释重负，以及浓烈的、无以复加的歉疚。而他，经历了一番亢奋挣扎，已经累得昏昏欲睡。

丁小丁来了，穿着白大褂，从走廊另一头旋风般刮来，像一个刚收割完粮食的干练的农民。她脖子里没有挂听诊器，她黝黑的肤色使身上专属医生的白大褂失去了应有的职业感，她宽壮的胯骨又使她的气质越发接近一个健康的饲养员。可她的确是一名医生，虽然她长得不像医生，可她令我感到放心。

丁小丁走进病房，冲着我的母亲喊了一声"阿姐"。母亲诺诺着感谢她，她却一挥手，"自家人，客气啥"。

我把丁小丁拉出病房，摸出早已准备好的两张购物卡：不晓得怎么感谢你，这个，回去给孩子买点零食……我真诚地说着令我鄙视的客套话，并且意欲把购物卡塞进她的白大褂口袋里，脑中却一丝都想不起来，她的双胞胎女儿已经上了大学，我的客套话除了虚假，更显得不合时宜。可是丁小丁的注意力并不在此，她开始与我推让那两张购物卡，用力极大，捉住我的手，把我逼到墙角，最后一把推开我：薛许，我们是什么关系？你给我来这一套，好了好了，我还要上班，不和你搞了！

她丢下我，扭过身，朝走廊另一头飞扑而去，极快的速度令白大褂的下摆翻飞而起，这使她像一个得道的侠客，怀着一身武艺绝尘而去。

依着护工的提示，我去镇上的超市购买了接尿用的大号保鲜袋、家用粉碎机、水果刀、密胺饭盒、水杯、汤匙、吸管……终于安顿好了父亲，母亲却迟迟不肯离开医院，她反复检查是不是还遗漏了什么，直到中午，喂父亲吃过一餐医院的午饭，给小彭交代了下午的点心和水果，才让我载着她回了家。

踏进家门，母亲就红了眼眶。站在三室一厅的家里，身周全是他的影子，墙角的椅子上是一堆脏衣服，早上刚给他换下来的；沙发边散落着两个靠枕，他终日躺在床上，靠枕是他的玩具，扔掉，拾起来给他，再扔掉，再拾起来，靠枕上污迹斑斑，却是他最贴身的嗜好；床上还有他早已失禁的身体留下的尿臊味，洗过、晒过，余韵未消……

老头子造孽，要是被欺负，都不会告状，母亲哽咽着说。

忽然生出些许罪恶感，那个不懂事的老头，他不言饥饱、不语痛痒，他不识人间爱恨，我们却把他丢在医院，自己回了家，他若有知，是否会觉得被我们遗弃？

我赶紧换话题：姆妈，你要不要去小区外面的理发店做个头？白头发太多了，也该染发了。对了，你一直说要去逛逛菜场，那么久不出去买东西，你都不领市面了……她终于欢喜起来，红着鼻子和眼睛说：哎哟，我要去一趟银行，有一张存单，早就到期了，一直没空去转存……她保持着一辈子的单纯，以刚入古稀的年龄，迎风接纳命运交给她的一切，在应该悲伤的时候悲伤，在应该欢喜的时候欢喜，这是我依赖于她的最好证据吧？她健康的身体，健康的精神，一并给了我安全感和依靠感。

谢谢你，姆妈！我看着她有些欣喜的胖脸，心里默默地说。她当然没有听见，她拿出了那把用了几十年的黑亮的算盘，她开始思索，嘴里念叨着：已经到期的存折，还是转存定期吗？要么买理财产品？

财务工作者的职业素养使她快速进入角色，算盘拨得"踢嗒"响，被他左右了三年的生活，再次回到她自己手中。

晚上，给丁小丁发了一条微信：我父亲的事，幸亏你帮忙，不知道怎么感谢你，过几天去医院，我再找你。

她没有回复，她可能猜出我还是要用物质的方式感谢她，干脆不回我了？

半小时后，微信响起提示音，打开看，是丁小丁，她发来一张图片，下面跟着一行字：老同学，看看你小学三年级时的样子。

我打开图片，是一张黑白照片，一高一矮两个女孩站在照片中央。高个子女孩穿格子衬衣，脖子里系着红领巾，梳两条刷子辫，辫梢上扎着夸张的蝴蝶结，女孩看着镜头笑，眼睛眯成了两条缝……那是小时候的我，我认得。那么，站在我身旁的矮个子女孩，就是丁小丁了，短发，圆脸，比我矮半个脑袋。照片上的我们，身后是一个大花坛，以及假山，貌似一所公园……想起来了，就是那次过六一儿童节，去的是人民公园，丁小丁举手推荐了我，她对老师说：因为薛许好！于是我也举起了手，我推荐了她，我说：因为丁小丁好！

我们成了好朋友，有照为证。那是丁小丁用手机翻拍的吧？藏了三十多年的旧照已然泛黄，可是，我怎么不记得我有这张照片？也许是曝光太强，两个孩子全是一副被烈日暴晒过的黑黝黝的健康样子，可是，我分明记得，我应该是白皙的那一个……忽然感觉有些魔幻，是往事经过时间的滤镜变了形？或者，变形的只是我的记忆？心里却生出莫名的羞愧。我和丁小丁，我们是什么关系？如她所说，我们是"自家人"吗？是远房亲戚的关系？还是小学同学的关系？抑或，在那个惨烈的暑期午后，卫生院的急诊科走廊里，医生宣布她的姐姐已经无法救回时，她可以把"小巧玲珑"的身躯躲藏在我身后的关系？三十多年过去了，我们何曾有过交集？有些问题，我永远不会再去问她，比如，她是否依然喜欢"丁月萍"这个名字？而我，早已把"薛秀英"当成了一个远去的笑话。我一直用着我最初的名字，即便是在成为一名写作者后，我也没有另外给自己起一个笔名。那个属于我的不像女孩的名字，用浦东方言念出来，怪异而又莫名其妙，令童年的我充满嫌弃：薛许——

　　我保存了丁小丁发给我的旧照片，而后给她回了一条微信：你真好，我们都很好！

　　丁小丁发来一个吐舌头做鬼脸的表情，她似乎有些不屑于我的煽情，而我确知，我是真诚的。

三、起点；终点

1、进城

　　我的父亲阿富对他的老娘薛陆氏说：姆妈，阿哥不想去上海，那就让我去。

　　说这话的时候，阿富还是一个初生牛犊不怕虎的十六岁少年，因为常年帮父母在田间劳作，他那张被阳光充分沐浴的脸蛋酷似一只成熟且爆皮的石榴。这一天，身高不到一米七零的农村少年正以前所未有的努力说服他的母亲，他想去传说中的大上海，很想很想。

我奶奶薛陆氏黑着脸不说话，阿富初中还没毕业，家里虽然穷，但她不希望她的小儿子出门受苦。年轻的阿富得不到薛陆氏的答复，便在三间草房里由东走到西，由西走到东，然后，他的手里就多了一个用老蓝土布扎好的包袱。他提着包袱对薛陆氏说：姆妈，不能浪费这个机会，我一定要去上海！

那个初夏季节，在上海做工的乡里亲戚给阿富的二哥找了一份工，可是二哥刚相过亲，媒人带来的那个大脸盘姑娘给他留下了美好的印象，二哥离乡的决心动摇起来。于是，这个去上海的机会，被十六岁的阿富接手而去。

天才蒙蒙亮，阿富就出了家门，他背着老蓝布包袱走了六里土路，在沙洲通往常熟的公路上，他等来了一辆行驶时发出巨大轰鸣声的长途汽车。阿富上了车，阿富在汽车的颠簸中睁大眼睛看车窗外的风景：大片的农田，挽着裤腿在水田里播秧的农人，零星散落的草房，池塘里冒出嫩绿的荷尖……车窗外闪掠而过的天地草木一律显示着农村的特征，这里还不是上海，上海不应该是这样的，阿富感觉到了些许困倦，他已经看了四五个小时风景，终于，在长途汽车即将进入上海地界时，他睡着了。

阿富睁开眼睛的时候，汽车正好戛然停止。他揉着惺忪的睡眼，在售票员的吆喝声中跟随着所有乘客蜂拥下车，然后，他就站在了闸北区著名的北汽车站出口处。他清楚地看到了这个繁华的都市，宽阔而又拥挤的街道，街边开着很多爿饮食店，门楣上挂着"生煎馒头"或者"菜汤烂糊面"的招牌。满眼都是灰色，灰色的楼房、灰色的马路、灰色的天空……这个城市里没有初露荷尖的池塘，没有杂草丛生的田埂，每一处都充斥着人声和汽车喇叭声，人们大多脚步匆忙，每一个角落都有一样被人操持着的营生。初夏的阳光照在阿富不足一米七零的矮小身躯上，整个城市像一把巨大的灰色布伞，向着阿富扑面盖来。他发现，这里的高楼很高，仰起头颅也无法看到屋顶；这里的马路过于宽阔，穿梭不停的汽车永远阻拦着他，让他无法举步越过；他站在十字路口，竟辨别不清东西南北……他像一株孤零零的野草，一踏入森林般的城市就被淹没了，心头忽然就生出了些许恐慌。可是不能回头了，他在薛陆氏面前信誓旦旦，他保证自己能吃得起苦，能赚钱养家，还能过上城里人的生活，不久以后，他还将荣归故里，带上薛陆氏，来看看传说中的大上海……所以，他是绝不能后退了。

阿富扯了扯略显短小的衣襟，抬手间，他摸到了口袋里的两个鸡蛋。薛陆氏在微明的天色中送他到村口，薛陆氏说：阿富，路上饿了就吃鸡蛋，到了上海就给家里写信，要是上海不好，就回家，够（是否）晓得哉？

阿富咬了咬牙，深深地吸了一口充满尘埃的空气，走出了北汽车站。阿富手里捏着一张破纸片，纸片上写着一个地址。那是一座小镇，坐落在离市区三十公里之遥的浦东，小镇上有一家生产农具的工厂，里面的工人多半来自江苏或浙江的农村。

阿富坐上了十三路无轨电车，到达提篮桥。在提篮桥，他看见了久负盛名的上海监狱，华贵的花岗岩门楣，厚重的灰色楼墙，这哪里是监狱？那么漂亮、那么结实，更像是资本家的公司大楼。监狱怎么比沙洲乡下最好的房子还要好上一千倍？阿富一路走一路想，一直想到八路有轨电车站，他才想通了一点点：监狱的房子就应该要牢固一些的，要不然，怎么关得住那些江洋大盗？所以，一座城市里最好的房子就应该是监狱。

阿富想通了，八路有轨电车也就"当当当"地开来了。

阿富坐上了那种在轨道上缓慢行驶的电车，阿富的眼睛简直要应接不暇了，他看到了杨树浦发电厂高耸的烟囱，一股巨大的黑烟袅袅而上，几乎与云层接洽，烟囱周围有几片乌黑的云块，像是刚凝结起来的样子。他猜测，这黑云，是发电厂烟囱里的烟变的，沙洲乡下的云是洁白的，那是农家烧柴禾的灶里冒出来的白烟变的，上海的云都和老家的不一样。这么一想，又想通了，有轨电车就开到了国棉十七厂。

正是早班下班时间，工厂宽阔的大铁门里涌出一群群女人，她们穿着碎花衬衣和条纹布裤子，有的还戴着专属于纺织女工的白围裙。她们像潮水一样涌向马路，阿富从未见过如此众多的女性在同一时间出现，他眼睛里全是女人，黑油油的头发的女人，月光样的白脸的女人。他还听见了女人的声音，像尖锐细碎的雀叫声，是大声呼喊与小声说笑的交叠重唱，杂乱，却好听。阿富竭力睁大眼睛，他想看清楚这些城里的女人，她们是"好看"的，与沙洲乡下的女人好看得不一样。她们有着苍白的脸色和疲惫的眼神，却显出莫名的美，她们没有农村女人宽阔的脸颊，她们的颧骨或者鼻梁高耸着，她们左冲右突跨过铁轨抢在电车开过前穿越马路，急促的脚步，略显焦灼的表情，神态却并非紧张，而是，效率。是的，这就是上海女人，阿富想，她们的脸上有着农村女人没有的快马加鞭的精明。

国棉十七厂终是被抛掷而去，女人们的身影渐渐稀疏，电车摇晃着笨拙的身躯到达定海桥。定海路码头边的摆渡轮船半小时一班，在浦东与浦西之间的黄浦江上往来。阿富花三分钱买了船票，一枚圆形的白铁皮筹子。他捏着筹子走进登船口，学着别人的样子，朝入口处那口张着大嘴的铁皮簸箕扔了进去，"叮当"一声响过，他就登上了摆渡船。

摆渡船启动了，阿富越发觉得眼睛不够用，黄浦江上的大轮船比他想象中的还要大，顶天立地的大，大得可以一口吞掉他们的轮渡；连接成一长溜的小火轮在宽阔的江面上破浪前行；低低盘旋的江鸥发出婴儿般的啼叫。摆渡船迎风行驶，阿富站在船头，水浪翻腾而起，飞溅的浪花打到阿富的脸上。是的，这是黄浦江，这不是沙洲老家屋门前的那条小河，也不是种了菱角和莲藕的池塘。阿富站在甲板上，迎着风，他听到了机器的轰鸣声，他还闻到一种奇怪的气味，隐隐约约，像某一天他在老家的田里劳作，远处开来一辆大拖拉机，那声音，那气味，一如此时。只不过，拖拉机的声音和气味遥远而微弱，且偶然，此时的声音与气味，却是庞大而浓烈到使他整个人都沉陷在了其中。他立即无师自通地想到，就是这庞大而又浓烈的声音和气味，推动着轮船往前开，那是与农村不一样的声音与气味，是"工业"的声音与气味，是城市的声音与气味。这才是上海啊！站在船头的阿富顿时有了一种乘风破浪的感觉，这使他感到了前所未有的豪迈。阿富深深地吸了一口气，心里升起一丝略微怅然的甜美。这样浩大的场面，竟是在自己日后将要生存的地方？于是，阿富对自己说：以后我要在这里工作、生活了。

豪迈的决心使阿富感觉到了饥饿，他想起薛陆氏塞在他口袋里的鸡蛋，于是掏出来，剥去已经破碎的壳，顷刻间，两个鸡蛋被他吞进了肚子。

下了渡轮，阿富搭上了开往最终目的地的小火车，从庆宁寺码头发出，一小时一班。燃煤火车在一声高昂的鸣叫后启动。那时刻，太阳已偏西，随着小火车的加速，阿富发现，大城市不见了，灰色的水泥建筑不见了，拥挤的人群不见了。黑不溜秋的小黑龙在农田、炊烟和平静安详的村落中穿行，他闻到了柴草的香味，他看到寥落的农舍与田间闪现的村人，夕阳斜照着绿色的秧田，天空里的云朵变回了白色……

直到下了火车，阿富才确定，他又回到了农村，这个被叫作"上海"的地方，与沙洲乡下并无多大区别。阿富沉了沉气息，开始最后两公里的步行，起初的兴奋和焦虑已经消失，周遭眼熟的风景，令他有种奔波一整天又回到老家的错觉，小小的失望来袭的同时，安全感重回。

阿富背对着将落的夕阳行走在狭窄的土路上，几近沉落的太阳轻轻播撒着光线，一路送着十六岁少年阿富走向终点，亦是他新的"起点"……

四年后的七月，曹镇农具厂分配来一群中学生，其中有一个女生叫桂娟，她的工作是"统计"。每天傍晚时分，长辫子圆脸蛋的桂娟拿着记录册，走到锻打车间青年工人阿富面前：你叫什么名字？

"薛金富。"年轻的小伙子嘴角往上弯起，羞涩一笑。

"打了几样农具？"例行公事的桂娟甩甩长辫子，头都没有抬，只快速在本子上记录着这个被叫作"阿富"的工人的当日工作量。记录完，桂娟一甩长辫子，转身走了，留下一抹乌亮的麻花辫划破生铁味弥漫的空气略显温暖的余波。

某一天，桂娟和她的女同学善娣结伴造访男宿舍，她们去找一起分配来农具厂工作的一位男同学，她们手挽手，嘻嘻哈哈地敲开男宿舍的门。一踏入那间住着十八个工人的大屋子，桂娟就注意到角落里的一张床，挂在床上的帐子，长得非常奇特。那是一项用很多很多块白纱布缝起来的帐子，纱布上有明显的折痕，显然是用很多块口罩拆开镶拼而成。年轻的桂娟发出了惊讶而又佩服的声音：这是谁的床？帐子是自己做的吧？太厉害了！

那是一九六一年的夏天，我年轻的母亲在曹镇农具厂的男宿舍里看见了我同样年轻的父亲手工制作的一顶帐子。农具厂每个季度给工人发两只口罩，他用积攒了四年的三十二块口罩，镶拼成了一顶帐子，那是阿富用他那双打铁的手缝起来的。

少女桂娟对青年阿富的爱慕，就是由那顶帐子开始的，从那以后，再去车间统计每日工作量，她再不用问他"你叫什么名字"了，她记住了他：薛金富，今天打了几把农具？

他抬起头，嘴角朝上一弯，微笑：四把镰刀，三把锄头……

每每回忆起那段往事，母亲的脸上总会流露出倾慕的表情，岁月并没有冲淡她对他的崇拜，她用比平时高出几度的声音对我说：囡嗯（女儿），你真不晓得，你爸爸的手可太巧了！那顶帐子，他缝得有棱有角、方方正正，比买来的帐子还要好看……

从小到大，我在父亲和母亲无数次的交替回忆中不断获得想象中的现场感，他们带着自嘲抑或调侃的语气讲述着他们的过往，我便仿佛身临其境，与他们一起经历着阿富与桂娟的青春。

2、你这头老牛

上世纪五十年代到七十年代末，上海浦东地区有一条并不漫长的铁路线，燃煤小火车起于浦东高庙（庆宁寺），终至还未改成浦东新区的原川沙县小营房，曹镇就是这一条铁路线的中间站点。后来，小火车遭到淘汰，再后来，很多居住于市区的市民因为庞大甚而伟大的城市规划拆迁移居浦东。这里成了"新郊区人"的聚居地，这里交通便捷，空气比市区清新几许，只不过，这里是曾经的乡下。"新郊区人"对此地的不屑，要追溯到他们的血液里。"上海人"总是看不起乡下人，曹镇算是上海的乡下，尽管现在的曹镇已经长成一副类似城市的容貌，但毕竟，乡下人的底子稍不留神就会暴露。比如走在街上的行人，肤色或打扮总还是土气得多；或者，邮局大厅里来领退休金的老人中，浦东土话多过洋腔洋调。连柜台后面的营业员也都是本乡本土的口音，倘若吵起架来，"新郊区人"一定寡不敌众，洋腔洋调在这里成了弱势。

对于父亲来说，曹镇却承载着另一个"故乡"的意义。他深深地记得他这辈子看见上海的第一眼，很多次，他在我和弟弟面前说起十六岁少年闯入江湖的第一天：

"我一个乡下小孩，真的是又穷又土，下了长途汽车，根本找不到东南西北，一路上都不舍得买一杯水喝。"

"提篮桥监狱，那房子真是好啊！第一次看见，我就想，做监狱可惜了。"

"下了小火车，我一看，哎呀，怎么又回到乡下了？大上海也有乡下啊？哈哈哈……"

他描述年轻而又稚嫩的自己，带着时过境迁的坦然，可我还是听出初入上海的少年内心的好奇与欣喜，以及对未知世界的恐惧。

十六岁的父亲，哦不，阿富，那时候，他还是阿富。十六岁的阿富从江苏省沙洲县（张家港市）农村一路颠簸，来到了上海浦东郊区一个名不见经传的小镇，从此，他在小镇的农具厂里开始了一名铁器制造工人的学徒生涯。他还在这里遇见了他未来的妻子，小镇成了他爱情的萌发地。七年后，二十三岁的阿富应征入伍，四年后复员，被分配到二十公里外的市属工厂"上海工农电器厂"，后为上海电气集团第一开关厂，直至退休。

五十多年后的今天，他不再是阿富，他住进了曹镇社区卫生服务中心，一家仅有二十六张床位的卫生院，在这里，他被叫作"7号床"。他仰面平躺，睁着眼睛看着天花板，显然，他并不知道这里是他以十六岁少年之身踏入上海的第一站，他忘了过往的一切，亦已不记得这里曾是他青春与爱情的起点。未来，他是否能活着离开这里？这里会成为他生命的终点站吗？没有人怀疑，却也没有人敢说。

我凑到他面前，轻轻地唤他："爸爸，爸爸？"他似乎听见了，视线移向我，却是陌生而又冷淡的目光。我伸出手，摸了摸他左腮帮子下端的一颗黑痣：爸爸，我是"囡嗯"，记得我吗？

小时候，每每看他心情好，我会爬上他的膝盖，伸手抚摸一下他那颗绿豆大的黑痣。他总是朝我斜睨一眼，仿如责怪，脸上却带着纵容与宠溺的笑。这是我与他的撒娇，亦是他给我的抚慰。可是如今，任凭我一次次抚摸他的脸庞，他也只是呆滞地望着我，没有给我哪怕一丝笑容的回馈。是的，他已经忘了他的孩子，忘了他给的生命，他给的名字，全忘了。

我是他的第一个孩子，我的出生生涩而又隆重。母亲无数次回忆，我在她肚子里的兴风作浪是从午夜十二点开始的，她说：你爸爸给自行车后座垫上一条棉裤，让我坐在上面，然后他就载着我，骑了十二里路，把我送进了川沙县人民医院……

故事发生在上世纪七○年代刚刚到来的那几天，隆冬，一个清晨，我冲破黑暗，见到了世界顶端的朝阳。我涨红脸哇哇大哭，我的哭声嘹亮而又悠扬，带着某种天然的美妙旋律；我的小脸圆润而又白皙，哪怕哭的时候也很漂亮，是的，我是一个漂亮的婴儿，超过病房里所有婴儿……这是我年轻的母亲对她的第一个孩子的记忆，她用带着美颜滤镜的眼睛做出的判断，永远都让我感到惊喜和怀疑。接下去，她的回忆必定还要加入那段重复过无数遍的揶揄：你爸爸真是，到底是乡下人，也不看看那是什么地方，男人能随便进吗？他居然推门就往里冲，门上写着什么？"产房重地，闲人莫入"，他连字都不认得了，只晓得看他的"囡嗯"了。

很多时候，他被她嘲笑，自己只是笑笑，从不解释那般鲁莽只是因为激动。而母亲，不管是在她少妇的年代，还是已然古稀的现在，她的圆脸上总是挂满了天真的笑容，带着自得。这是一种幸福吧？每次她沉浸在回忆中，我总是这么想。

我在医院里度过了七〇年代到来后最新鲜的那几天，我要出院了，我被包在一个红色绸缎被面的襁褓里，我的大姨抱着我。父亲还要上班，他把我们三个女人送上小火车，大姨把我抱到车窗口，对月台上的他说：囡囡，和爸爸再见，礼拜天再见。

他的脸红了一下，笑了笑，停顿了两秒钟，仿佛在犹豫，但终是没有说话，只微笑着向车窗里的女人们挥了挥手。

他还不习惯被叫作"爸爸"吧？他用两秒钟的停顿接纳自己成为"爸爸"的事实，但他不知道怎么应答，他没有对襁褓里的我说一声："囡囡，再见！"他用微笑掩饰初为人父的不知所措，表现出来，却是克制和淡定的样子……母亲的记忆总是带着她个人的想象，也许是她自己还没习惯成为一个孩子的"妈妈"，脸红的人也许是她。他们是上世纪七○年代的年轻人，他们很容易在婚嫁与生育问题上感到"羞涩"，乃至"羞耻"，仿佛，结婚，生孩子，都是令人害臊的事。

好吧，我新上任的爸爸，他把我们送上了小火车，与我们挥手告别。那一天，我从川沙县人民医院所在的城厢镇，来到了位于曹镇的我母亲的娘家，我的外婆家。

七○年代的第一个春节，我的母亲在娘家坐月子。那间装满一屋子红木家具的卧室里挂着几幅毛泽东诗词，玻璃镜框镶起来的白色宣纸，龙飞凤舞的书法。大橱顶端的那一幅，叫《蝶恋花·答李淑一》，其中有一句，"寂寞嫦娥舒广袖，万里长空且为忠魂舞"。还有一首，《水调歌头·游泳》，挂在老式红木床的门脸上方，"万里长江横渡，极目楚天舒……"在陪伴妻子坐月子的日子里，父亲无数遍诵读着镜框里的诗句，伟人的诗词中，有一个字出现频率比较高，好吧，就用这个字吧，舒，就这么定了，他说。

在我还是一个幼儿园孩子时，我问母亲：姆妈，你是怎么把我生出来的？

她犹豫了一下：嗯——你是从姆妈肚皮里钻出来的。

她轻描淡写而又敷衍了事的回答并不能消除我的疑问：那我是怎么从你肚皮里钻出来的？隔壁三妹说，她是她姆妈上厕所的时候拉出来的，是真的吗？

她怔住了，半晌没有回答我。我紧追不舍：那不就和拉屎一样了？

她白了我一眼，索性回答：对，就是拉出来的。说完转身去忙她的家务了，留我一人在原地发呆。隔壁三妹说，她被她姆妈拉到马桶里，然后，她奶奶把她从马桶里拎出来，把身上的屎啊尿啊洗掉，像洗一只刚从泥土里挖出来的萝卜，洗干净了，用一块被子包一包，他们家就多了一个小毛头。三妹就是这样来的，我也是这么来的吗？

母亲闪烁其词的回答刺激着我的好奇心，我不能容忍自己是被大人从马桶里拎出来的，我知道，我是在川沙县人民医院出生的，怎么可能是马桶？可是我又想象不出，我是如何从母亲的肚子里钻出来的。童年的我，总是被这样的问题困扰，因为马桶的缘故，我隐约觉得，生孩子是一件丑陋的事。这样的问题，我却从未问过父亲，有时候，他听见我与母亲对话，却也从不插上一嘴，但他会与他的妻子相视一笑，留我继续在原地疑虑重重。似乎，他们俩心照不宣地保守着一个秘密，关于一个孩子究竟是怎么来的秘密。

那时候，他还是一个面容俊朗的男子，浓眉，双眼皮，薄薄的嘴唇，嘴角一弯，微笑。他总是穿一件蓝色卡其中山装，每天早晨，他骑着他那辆凤凰牌自行车到离家十二里路的县城去上班，傍晚，健壮的自行车在"丁零、丁零"声中回到我们狭小简陋的家。每个礼拜天，他会用自行车驮上一家人去外婆家，我坐前面的三角档子，母亲坐在后面的书包架子上，他夹在我和母亲中间，手握车把，眼看前方。他一边骑车，一边对他年幼的女儿指点着一路景色：舒舒，看见没有，河里有一只老牛在汰浴，这就是老牛，记住了吗？长大了还会记得爸爸带你在这里看到一只老牛吗？

幼年的我认真地点头，嘴里喃喃而语：老牛、老牛。

自行车后座传来母亲的笑声：她才多大？你现在跟她讲，长大了肯定要忘记的。

他不以为然：不会的，舒舒一定会记得，是吗？

幼小的我十分配合地继续点头，并且用我肥胖的小手指着那头在河里洗澡的水牛，更为响亮地叫嚷着：老牛，老牛，老牛……

我们的自行车穿行在公路上，两边是茂密的榆树林，风迎面而来，我小小的脑袋靠在他的胸口，我闻到身后传来一股好闻的味道，那是他带着肥皂气味的汗香。眼前的景致闪掠而过，渐渐模糊，我一歪脑袋，靠在他起伏不定的胸膛上睡着了……后来，我有了一个弟弟，他的凤凰牌自行车就要驮三个人了，我依然坐前面的三角档子，母亲抱着弟弟坐在书包架上。作为长女，我独享着他的胸怀。

有时候，去外婆家，我们会兵分两路，母亲带着我和弟弟坐小火车，父亲一个人骑自行车，我们将在曹镇火车站汇合。也许只是为了省下一张火车票，可是在我眼里，那是一场浪漫的游戏。他在公路上骑车，我们坐在疾行的火车里，总会遇到公路与铁路并行的那几段，我和弟弟就扒在车窗口找他。他从不会让我们失望，是的，他一定会出现在我们的视野里，他来了，卖力地蹬着自行车，他与火车遥遥平行了，我们在前进，他也在前进。我挥手大叫：爸爸 —— 爸爸 ——

他看见了火车上的我们，他一只手握着自行车把，一只手向我们挥舞着。我看到风吹在他脸上，吹得他并不长的头发像一茬迎风后仰的麦子。他微笑着，骑车的速度更快了，他似乎想赶着火车跑，可是，自行车还是渐渐落后了，他的身影越来越小，然后，被火车长长的尾巴遮挡住，看不见了。

然而，只要火车进入某个小站，短短的几分钟停靠，他就会追上我们，一出站，他骑着自行车的身影再次出现在我们的视野里，我便又扒在车窗上拼命朝他喊：爸爸 —— 爸爸 ——

是的，幼年的我，总觉得他是不会离开我的，不管我走到哪里，他都会紧随着我，一次次地赶上我，让我随时看见一个面带笑容的男人在与我遥遥相对的地方看着我。或者，他骑着自行车，指点着路边小河里的一头水牛说：舒舒，看见没有，河里有一只老牛在汰浴，长大了还会记得爸爸带你在这里看到一只老牛吗……

那头庞大的水牛，拥有一具迟缓蠕动的身躯，它从水里浮出宽阔的黑棕色背脊，牛头上的两个角朝向天边弯弯矗立……是的，我记住了那头老牛，可他不再记得我。

爸爸，认识我吗？我看着他，再次伸出手，抚摸了一下他皱纹丛生的脸，以及左腮帮子下端的那颗黑痣：我是舒舒，你的"囡嗯"……

他似乎在看我，面孔朝向我，可是瞳孔里没有我的影子，目光一片空洞。他已经不记得我，他给的生命，他给的名字，他全忘了。曾经，在我小学三年级的时候，我和好朋友丁小丁一起密谋，我们决定改掉自己的名字。幸好我们没有成功，我还是叫着最初的名字，那么好的名字，不深刻、不沉重，不附庸风雅，平凡而又与众不同，我由衷地喜欢。可是，在决定把伟人诗词中的那个字用作女儿的名字的一瞬间，他想到了什么？他有没有想过把他的理想与情怀赋予我的名字？抑或，让我的名字承载他的某种寄托？可是，我从不知道他的理想和情怀是什么，他的寄托又是什么，他没有告诉过我，在他还能回忆往事的时候，他只字未提。

你怎么能忘了呢？我看着他，心里涌起委屈：你让我不要忘了那头老牛，我没忘，可你怎么把我忘了呢？

他依然看着我，用他没有聚焦的目光，许久，突然发出一声叹息：哎哟噻！而后，无声地扭开脸，看向别处，像要躲开一个陌生人唐突的注视。

眼泪忽地涌出眼眶：爸爸，你这头老牛，老得也太快了。

四、生活在"临终医院"

现在，"曹镇社区卫生服务中心"已经成为我除了家和工作单位以外最熟悉的地方，在心里，我悄悄地把它叫作"临终医院"，因为，能活着出院的病人是"稀有物种"。

每个周末，我都要开着我的车，从四十公里外的杨浦区新江湾城出发，以每小时八十公里以下的速度开往浦东的曹镇。这一段路程，大多是在中环高架上行驶，途经张江高科技园区，总要经过那对雕塑——"谈恋爱的年轻人",他们坐在屋顶边缘,红裙女孩的脑袋依旧靠在男青年肩头,一场旷日持久的恋爱正在进行中。我手握方向盘,快速瞥他们一眼,他们让我在去往"临终医院"的途中多了一点点文艺和青春的亮色。

半个多小时后,汽车开进卫生院大门,并不十分阔大的院落,停车场紧邻住院部大楼。下车,偶尔可见穿豆绿色制服的护工推着轮椅在便道上走动,轮椅里,是某位失去智能的老人。这里的所有护工认识我,看见我从车里下来,她们一定会大声招呼:外女儿,来啦!

我的外公已经在这所医院里住了两年,他的护工小张一直叫我"外女儿",小张对我的称呼,成了所有护工对我的称谓。过去两年,我常来探望外公,却从未想过要找丁小丁,她每天坐镇门诊部五官科诊室,住院部不在同一栋大楼,我甚至从未偶遇过她,直到我的父亲也住进这所医院。

曹镇社区卫生服务中心总共有五名护工,没有人确切知道她们叫什么名字,她们不分长幼,一律被称为:小张、小兰、小丁、小魏、小彭。五人的籍贯、姓氏、年龄、口音各不相同,但有两点她们几近统一,一是壮实的身材,二是壮阔的嗓门。从相貌判断,小张应该最年轻,圆盘脸上还带着些许胶原蛋白。小张的嗓门也是最大的,她若用她那带着河南口音的普通话发言："外女儿，来啦！"调门拔得太高以至于破碎的嗓子里瞬间就能冒出一朵响亮的喇叭花，于是，整个住院部的病人、家属，乃至医生、护士都知道，23床的外孙女驾到。

23床就是我的外公，两年前，外公突发脑出血，开颅、插管、抢救过来，却也成了半个植物人。病情稳定后，外公住进了卫生院。第一次见到小张就是在病房里，当时她正给外公擦身换尿垫。在没有任何心理预设的前提下，我鲁莽地推门跨入病房，只见挨着门的23号床上，外公赤裸裸地瘫躺着，像一截剥了皮的枯白树干。病床边，身穿豆绿色护工制服的白胖矮个女人正弯着腰，用一块湿巾使劲擦着糊满病人臀部的粪便。见我进来，女人大喝一声：出去。

我快步退出病房，鼻子酸得几近冒出眼泪。从未想到会遇见这样的场面，外公赤裸的躯体暴露在所有进入病房的人眼前，很瘦很小的一段，这使他看起来像一株被太阳经久曝晒后严重缩水的朽木，又像一只被自己的屎尿淹溺到垂死的动物，大摊不明色泽的排泄物在他身下散发出恶臭，他却只能袒露着自己，任人摆布。我很想忘掉那个场面，可不知道为什么，越是想忘掉，刚才那一幕越发频繁而又顽固地在我脑中一次次闪回播放。

我的学龄前生涯是在外公外婆家度过的，从记事起，我看到的就是外公那张不苟言笑的脸，高个子，肤色白皙，单眼皮细长眼，长相当属英俊，像老电影《红日》里的张灵甫。外公很少开怀大笑，他帅气而又严肃，脸上时刻保持着某种庄重感。他也不太和我们小孩子说话，下班回家就躲在楼上的房间里看书，一向以来，他是个有些清高的人。也许，我脑中的"外公"始终停留在童年记忆的阶段，他没有随着真实的外公一天天变老。可是，躺在病床上的外公袒露着污秽满身的躯体，连为自己感到羞耻的资格都失去了，这让我不禁想象，那个帅气而又严肃的男人从四十年前穿越而来，看见八十多岁的自己躺在病床上的样子，会有多么不堪和悲伤？

身侧豆绿色一闪，白胖矮个护工提着一个沉甸甸的垃圾袋，裹挟着一股气味浓烈的熏风从病房里冲出来，把垃圾袋扔进医疗专用垃圾筐，而后迈着两条矮壮敦实的粗腿快速折向开水房，不一会儿，端着一盆热水出来，一股肥烟般让自己飞进了病房。十分钟后，里面传出喊声：进来吧。

外公的身躯已经被一条白被子盖住，只露出脖子以上部位，因为做过开颅手术，脑袋被剃光了，喉咙口还开着一个洞，洞口插着一根拇指粗的胶皮管子，管子通向不知所终的身体内部，也许是肺，或者胃？管子与皮囊的接口处用纱布封着，不知道外公有没有感觉到痛，我很想伸手去摸一摸，但我不敢。

我轻轻喊了两声"外公"，没有任何反应，白胖矮个女人在我身后说：没用，昨天小哥来过，叫他，不应，早上二姐来过，叫他也不应。

护工说话带着浓重的外地口音，我猜测，她说的小哥和二姐，是我的小舅和二姨。我扭过头，尽量保持礼貌的微笑：阿姨，你是我外公的护工吧，谢谢你。

女人拉大嗓门说：我知道，你是外女儿，不兴叫阿姨，都叫我小张。

所谓的小张，看起来要比我大十来岁，说话的时候，白胖的圆脸上充盈着来历不明的欢乐。

病房门口探进一张黑胖大脸，也是个大嗓门：小张，拿饭去啦。

小张一脸欢欣地冲我说：小丁喊我去拿饭了。

叫小丁的女人看起来有五十多岁，也穿着豆绿色护工制服，与小张如出一辙的是，她那张黑胖大脸上也充满了莫名其妙的欢乐。

小张拖一张折叠椅给我：外女儿你别客气，来来，坐一哈，我马上回来。

小张和小丁去食堂了，我在这一间三人病房里扫视了一圈。另外两张床上的病人也都是老人，与外公一样，他们都处于不省人事的状态，鼻子里一律插着管子，双颊凹陷、两眼紧闭，大张着嘴，竭尽全力地发出"呼噜、呼噜"的声音，仿佛正与死神争夺稀薄的氧气。人老了、病了，就长成了一个样，曾经英俊而又不苟言笑的那张脸，与躺在这里的任何一张脸无甚区别。倘若不知道病床号，也许一进来我就会不知所措，这个代号"23床"的老人，只是一具躺在病床上的、与我毫不相干的躯体，他怎么能是我的外公呢？可他的确就是我的外公，床头插着的病例卡上写得清清楚楚：张明奎，87岁，脑出血……

那段日子，每隔一周我就开车带母亲去医院探望外公。小张似乎很明白我母亲的重要性，一看见她出现在病房门口，立马放下手里的活，伸出那双刚给病人擦过屁股的热情洋溢的手，搀住母亲的小臂或者扶住她的肩，几乎是喊着说：大姐来咧！尤其是发工资的日子，小张笑得如同怒放的向日葵一样的白胖脸上就会展示出非同一般的喜悦。她搬来折叠椅，展开在外公床边：大姐坐，别客气！而后，她开始向我母亲汇报外公的状况：

老爸可好呢，中午吃了一碗饭加两块肉。

老爸早上拉了屎，老大一坨，可香呢……

她一口一个老爸，好像躺在床上的外公是她和母亲共同的父亲。还有，她说外公吃了一碗饭加两块肉，其实就是把饭和肉混在一起打成糊，用大针筒注入外公的喉咙。她总说外公拉屎"可香呢"，这让我难以理解。后来有一次外公腹泻，她终于说，"今天老爸拉屎可臭了"，我才确信她并不真的认为屎是香的。我猜测，她所谓的"香"，就是臭得很纯正，没有肠胃疾病引起的粪便异味。有时候她说着说着，突然跑到外公床边，伸出被消毒水泡得发白的胖手，一把拉开外公的被子，横陈在病床上的躯体顿时展示在我们面前。她伸手捏捏外公的肚皮，或者腰部的赘肉：瞧瞧，是不是胖了？比刚进医院那会儿胖多啦……她说话的语调总是显得喜悦而又骄傲，好像外公能安然活到现在都是她的功劳。这种时候，我只能瞬间放大瞳孔，模糊聚焦，忽略掉病人裸露的下半身，并且迅速抓起被子盖住外公：好了好了，知道了。

我很反感小张这么干，作为护工，这显得很不专业。我说：小张，不要总掀开外公的被子，会着凉的。我不想说"不雅"之类的话，说了她也听不懂，她每天都要对那些丑陋的躯体做无数次近距离观察、零距离擦洗，那些裸露的下半身，只是她的工作对象，又何来"不雅"之说？可是"着凉"这样的理由，却也无法撼动小张强烈的自豪感。她一次次在我们面前掀开外公的被子展示她的劳动成果，趟次多了，我也变得熟视无睹，甚至，我开始习惯她身上某种原始的职业荣誉感。很明显，她不怕脏，不嫌弃一具老病人行将就木、布满病菌的躯体，她抚摸外公的肚皮和捏他腰部赘肉的时候，就像在摆弄自己的孩子一样随意自然。这让我们在质疑她不够专业的同时，又觉得由她照顾外公挺放心。

我还清晰地记得第一次给小张发工资时的情形。母亲拿出账本算给小张听：这个月一共三十一天，每天68元护理费，扣除月初请假一天，共2040元。

我在心里替小张算账，她总共护理五个病人，一个月就有10200元，扣除劳务公司提成，大约能得六七千，遇到节假日，劳务费翻倍，就更多，护工全天候吃住在医院，没有别的消费，这就是纯收入，很不少了。

母亲从包里拿出一叠纸币，连着账单和收据一起交到小张手里：二十张一百元，四张十元，你数一下，在收据上签字。

小张接过纸币、账单和收据：签啥字啊！我还能不相信大姐？

母亲塞给她一支水笔：这是规矩，收钱必须签字。

小张犹豫了一下，把收据铺在外公的床沿上，屈身往床边一趴，举起水笔，扭头问：写哪儿？

　　母亲指着"收款人"后面的空白处说：这里。小张重新埋下头，提起笔，在母亲所指的地方，极其缓慢地、认认真真地画了三个浓墨重彩的、并不规则的圆圈。画完站起身，把收据交给母亲，"嘿嘿"着说：画得不圆。

　　我在心里暗笑，她让我想起《阿Q正传》。母亲看了一眼账单，也笑了：谁教你的？

　　没人教我，我不会写字，只好画圈，我名字三个字，画三个圈。小张好像并不羞于自己不识字，母亲问她：那你到底叫什么名字？

　　"俺叫张J萍"，小张大嗓门一喊，谁都听见了，可谁都没听懂她那河南口音说出来的到底是张菊萍、张娟苹，还是张建平。那以后，我们都知道了小张不识字，连自己的名字都不会写。我无法想象，一个不识字的人，是如何通过护工入职培训考核的？她每天要给外公喂药，溶血栓药、降血脂药、消炎药，一天几顿，一顿几粒，竟从未搞错。她还让我帮她把我们家里每个人的电话号码都存在她手机里，她怎么辨认那些由11个数字组成的手机号码归属于哪个名字之下？她还常常凑在小魏身边，一起看小魏的儿媳妇淘汰下来的iPad里存的电视剧。还有，她去邮局寄钱、去银行存钱，至少要会写自己的名字吧？这个目不识丁的小张，实在是让我无法想通，她是怎么在大上海活下来的。

每次在账单上画过圆圈后，小张就会对母亲这个给她发工资的"老板"很是感恩戴德，恨不得要投桃报李地给母亲一些什么好处，于是和母亲聊天时，就多了一些"内容"。

"大哥已经两个月没来了，老爸偏疼小儿子，大哥不会是有意见吧？"

"小嫂昨天送来粽子，老爸不能吃糯米，不好消化，我说过，她不听。"

"二姐每个礼拜都来看老爸，小姐只来过一回，小姐夫一回都没来过。"

小张大概不懂，这种类似于打小报告的聊天，是要把嗓门压低一些的，可她几乎是光明正大在母亲面前揭发我的舅舅、姨妈们，她的高声喧哗使那些微妙的家庭矛盾公之于众，这让我有种无地自容而又无以躲避的尴尬。

对于小张传播的八卦，母亲的态度始终讳莫如深，她不动声色地听，不否定、不阻止，每次都把小张说得兴致勃勃、唾沫飞溅。直到某张病床上飘来新鲜的粪便气味，或者哪个病人忽然大声咳嗽，嗓子眼里有浓痰呼之欲出，她才闭嘴，迈开两条粗壮的短腿，飞也似的冲向那个病人……

外公住进曹镇社区卫生服务中心的时候，我们谁都没有想到，两年后，我的父亲也将住进这家医院。现在，他们翁婿俩天天在同一屋檐下生存着，一个躺在走廊顶头的第一间病房里，另一个躺在走廊尽头的第二间病房。然而，作为病友和邻居，他们却从未相互拜见，他们没有能力彼此串个门、聊个天，通报一下最近关心的国内外大事，谈一谈对"一国两制"的理解，聊一聊股票行情和房价趋势……哪怕只是在五年前，这两个相差二十多岁的男人，也常常会坐在一张八仙桌的两侧，一聊就是半天，把一杯浓茶喝到寡淡无味。可是现在，他们住在一栋楼里的同一个层面，吃着一口锅里同样的饭菜，却再也没有促膝交谈的机会，甚至，他们都不能相互看上沉默的一眼。很有可能，他们会成为一对"老死不相往来"的老朋友，这句古老的俗语，大多时候是用于"绝交"的宣言，可他们从未绝交过，在他们还记得彼此的岁月里，他们一直维系着和谐、融洽和彼此尊重的翁婿关系。

现在，我和我的所有家人，都会在探望一位亲人的同时，顺便探望另一位亲人，这让我们省去了不少花在路途上的时间，虽然，"顺便"这个词似有缺乏诚意之嫌，但我还是愿意这么说，因为，这是真实的。我们一趟趟跑去医院探望亲人，与此同时，我们认识了社区卫生服务中心的每一位护工，并且成为她们日常八卦的对象，或者，倾诉对象。我们已然接受她的风格，她们壮阔的嗓门，她们劳作的身影，她们热火朝天地生活在这里，她们使一家"临终医院"常年充满莫名其妙的欢愉气息，甚而过于喧嚣嘈杂，没有人确切感觉到，这里是死神频繁光顾的地方。

医院虽然不大，但也有两栋楼，门诊楼大多时候冷清寂静，住院部却是例外，它像大家族的旁门一系，护工是这一系支脉的重要组成部分，她们做着为病人服务的工作，却更像是这里的主人，因为，"流水的病人，铁打的护工"。或者说，她们是大家族的管家、保姆，她们没有主人的身份，却操控着主人的衣食起居。她们二十四小时全天候待在病房里，白天在病房里工作，晚上在病房里安睡。她们每个人都有一张行军床，白天折叠起来塞在某一张病床底下，入夜就把行军床拖出来，在病床间铺开。她们在病人的鼾声中入睡，连接在病人身上的监测仪整夜发出"滴滴滴"的噪音，她们却从未因此而失眠。她们很容易入睡，也总能在病人发出异动或声响时及时醒来，她们有着随时入睡以及随时醒来的本领。她们长年累月地生活在这里，二十六个病人的家属亲友她们全都认识，谁家的孩子孝顺，谁家的媳妇刻薄，她们全都知道，这也成为她们在闲暇时候八卦的主题。

　　每次去医院，我都会有种走亲戚的错觉，心里总想着要给外公的护工小张或者父亲的护工小彭带点什么礼物。三八妇女节，送她们一块毛巾和一瓶花露水；端午节，给她们一人带一包五芳斋粽子……这几乎成了我的压力，多了一件操心的事，可不知道为什么，在送给她们小礼物的同时，我的内心总会生出一些安然与愉悦。也许这只是我的聊以自慰，我希望以赠送礼物的方式换取她们额外的重视，我希望她们能更加尽心尽力地照顾我的亲人，虽然，大多时候，我无法看见她们究竟是如何照顾我的亲人的。这让我在每次踏入住院部走廊时总是心生担忧，我怕看见某些"真相"，我不知道要如何应对。

　　那是一条随时都能听见各种声音的走廊，护工的呵斥声，病人的哭闹声，此起彼伏，从不停歇。外公病房的对面，小兰总是操着一口川味普通话训斥坐在轮椅上的汪老太：再吵，再吵把你扔到大该（街）上去，没得人管你! 汪老太并不领受小兰的恐吓，照旧发出毫无章法的哭喊，小兰就亮出一把给病人喂饭的没有针头的大针筒，在汪老太眼前扬一扬：再哭，再哭给你打针……这种时候，母亲总会叹口气：唉！作孽，去吓唬人家干啥，儿女不在跟前，不作兴的。

走过第三间病房，就能见到胖大的黑皮肤小丁，或者听见她那淮北口音的大嗓门发出的喊叫声：拉屎会不会喊？会不会？不长记性要不要打？然后是两记"啪、啪"脆响。起初我很是怀疑，她是否真的在打病人？有一次，终于不敌好奇，我折身进了三号病房。我看见一个不会说话的老病人光着屁股躺在床上，瞪着眼睛看着矗立着的庞大的小丁，呆滞的目光里没有悲伤，也没有喜悦。小丁见我进病房，张嘴招呼：外女儿来啦？找小张还是小彭？不在这里……她宽阔的笑脸上写满了坦然，她不介意被我看见她打病人屁股，大概，她从不以为这已经成为她伤害病人的证据。

我问母亲：外公拉了屎，小张会不会打他屁股？还有老爸，小彭会不会打他屁股？

母亲怔了怔，说：你小时候尿床，我也打你屁股的。

我脱口而出：可他们是老人，不是小孩。

母亲看我一眼：那小张要是打外公屁股，小彭是打你爸爸屁股，你要不要去投诉？投诉完了呢？打算换医院还是换护工?

我被母亲问住了。换医院是不可能的,外婆厚着脸皮找丁小丁,好不容易得来这一张床位,我们又能去哪儿再找别的合适的医院?至于换护工,那就更没有意义了,把小张或小彭换掉,换来小兰、小丁、小魏,又有哪个护工不吓唬病人、不隔三差五地打两下病人的屁股?

有一次,进住院部走廊,看见小张、小彭、小魏她们几个正凑着脑袋划拳,一来一往,最后是小张赢了,只听见她浪涛般的笑声阵阵翻滚:哈哈哈,我先挑,我挑13床和17床。

我问:你们在玩划拳?

小张说:我们在分病人。中秋节小丁要休假回老家,她负责的病人要我们分摊,我们就划拳,谁赢谁先挑病人。

我很好奇:病人还要挑?

小张并不掩饰作为护工的"心机":那可不是?外女儿你不知道,病人和病人不一样,全身瘫痪和半身瘫痪的,能喊拉屎的和不会喊的,会吐痰和不会吐痰的,都不一样。

她这么一说,我也觉得同样拿一份加班费,分摊到什么样的病人很重要,就像以前农村杀了猪抓阄分猪肉,抓到猪腿还是猪头，要靠运气。

我说小张你运气不错。小张再次爆笑：哈哈哈，我故意出得慢，她们要出拳，我就赶紧张开巴掌，她们要一出巴掌，我就赶紧伸出两手指头……

小张不识字，身上却满是精明狡黠。我说：过节工资翻倍的，多两个病人，你能多赚不少，不回老家也值了。

小张笑得自豪而又满足：可不是吗！我不爱回老家，来上海五年，我一次都没回过。

母亲打断她：小张，我们结了这个月的工资吧。一听说结工资，小张立即忘了前面的话题，一如既往，兴高采烈地在收据上画了浓墨重彩的三个圆圈，然后开始在母亲面前八卦我的舅舅和姨妈们。

"小哥每个礼拜天都来，给老爸带来肉包子。"

"二姐每个礼拜三来，老爸的水果她包了。"

"大哥有日子没来了，大嫂倒常来。小姐也来过一次，拎来一箱牛奶……要不说孩子养得多好啊！

我问小张：你养了几个？

小张的胖圆脸上顿时笑开了花：两个，大的儿，说对象了，小的闺女，在老家念书，五年级啦。

"两个？当时是要罚款的吧？"

小张的脸上泛起一团红晕：我罚不起，闺女是白捡的，人家扔了，我就抱来养了，不是自个儿生的，不罚款，划算。

她还伸手指着我说：外女儿，你一定要多养几个，等老了，儿女都来看你，多热闹，多好啊！说着扭头看向病床上的外公：老爸有福，正好养了七个，一天一个轮着来，一个礼拜齐了，哈哈哈……

小张巨浪般的欢笑声在住院部到处流窜，我几乎听见那笑声在走廊里迂回撞击，发出一波波朗朗的回声。这让我再次产生错觉，好像，这里的二十六张病床上躺着的，不是患了医不好的病等待寿限的老人，这里也不是被我暗暗称为"临终医院"的地方，而是一所婴儿医院，躺在床上的，是一个个巨型婴儿，小张、小丁、小彭、小兰、小魏她们，就是这些巨型婴儿的二十四小时全天候保育员。

一个周末的午后，到达曹镇社区卫生服务中心，停车，进住院部走廊，不知哪间病房里传来歌唱般的哭喊声，细细分辨，还能听出有唱词，好像是儿女们在哭"爹爹"，典型的浦东地方特色哭丧调。大概是哪个老病人作古了，很奇怪，那种尾音悠长，且有一定的叙事性的哭调，听起来悲恸万分，却又无限美好。我在越来越接近的哭声中朝走廊尽头走去，远远地看见父亲的病房门口围着一圈人，哭丧调正是从那扇门内传出。我知道，不可能是父亲，因为小彭没给我打电话。可我还是有些紧张，便放慢脚步，走到门口，站定在看热闹的人群后面，一时不敢挤进去。

父亲病房里有四个病人，6号床已经九十岁，心梗、脑梗、痴呆；7号床就是我的父亲老薛，阿尔茨海默病，正亦步亦趋地走在丧失所有功能的路上；8号床年龄最小，七十二岁，脑溢血抢救过来，成了一个整天打呼噜的人，睡着时打，醒着时也打；9号床八十五岁，中风，除了不能下地，恢复得不错，能简单对话。说实在的，这么几个老病人，哪天宣布谁突然离世，都不在意料之外，我只是担心，这么嘈杂喧闹的环境会不会影响到父亲。

围观人群忽然散开，几个穿白大褂的医生从病房里鱼贯而出，紧接着，两个穿蓝色工作服的工人推着一张停尸床出来，床上白被单覆盖着的长条隆起想必是死者。跟随在停尸床后面的，是一些唱着悲恸而又美好的哭丧调的男男女女，他们在人群的注视下呼啸而过，朝走廊另一头的大门热热闹闹地移去。看热闹的人有的跟着哭丧的家属送出门去，有的回了自家亲人的病房，一番喧嚣过后，病区安静下来。

我进病房的时候，小彭正在收拾空了的9号床。五名护工中，小彭当属护理经验最丰富的一个，之前她在肺科医院做过六年护工，转到这里也已经三年。小彭是安徽阜阳人，长着一张方脸，刚满五十岁，念过两年初中。后来我才知道，小张每次去街上给老家寄东西或寄钱，都会拉上小彭一起去，但凡需要签字，就由小彭代劳。

　　见我进门，小彭拔高调门喊道：外女儿，来啦！小彭的嗓门不比小张差，语速比小张稍慢，有种掷地有声的权威感。神奇的是，她这铿锵有力的大嗓门，近乎有着驱邪的功能，一开口，这间刚死过人的病房就不再令我感到恐怖了。打完招呼，小彭放下正卷到一半的床垫，走到7号床边，从我父亲耳朵里掏出两团棉花：他们哭那么大声，我们不听，现在他们走了，可以听了。说完又跑到6号床和8号床，把他们耳朵里的棉花掏出来。

　　我问小彭：不能让他们听见吗？小彭说：最好别听见，有人升天了，你不能不让家里人哭吧？可不能给老人听见，老人都怕死，我给他们耳朵里塞棉花，听不见，就不怕了。

　　小彭指着床上的病人：外女儿，你还年轻，有些事你不懂，他们都是一只脚跨进阎王殿里的人，有人要升天，就会拉上一伙结伴走，路上才不冷清，我见过好几回，今天一个，过一天，又一个……

小彭一番玄乎的言论令我疑惑不已，还有些瘆人，四顾周遭，却一如以往：6号床正用他那双被看护带捆绑住的手无意识地敲击着床栏，床架子发出没有规律的"哐、哐"声；我的父亲正瞪着眼睛看窗外，嘴里偶尔发出三个字的感慨：哎哟噻 ——；8号床睁着一双三角小眼东张西望，半开的嘴里吹出一股股响亮的鼾声，他没有睡着，他只是鼻咽喉部气道狭窄，也许患有鼻窦炎，或者长了鼻息肉，于是，他就变成了一个每时每刻都在打鼾的人……三位老病人不明就里而又按部就班地活着，他们不知道，就在刚才，他们的一位病友"升天"了，小彭在他们的耳朵里塞了棉花，他们没有听见哭声。

看着躺在床上的父亲一脸平和的样子，我不由地对小彭生出了几许感激。抬头间，发现病房门口，一张尖瘦的小黑脸卡着门框探进来，是个小女孩，十二三岁的样子。小彭指着我冲门口笑道：来，喊姨。

女孩闪进病房，走到小彭身边，很自然地，和小彭一起收拾起床上的被褥和床底下的塑料盆，还有床头柜里的各种药品和生活用品。我问这是谁？小彭说：小张的闺女，放假，来上海找她妈，白天没啥事，在病房里到处玩儿。

这就是小张捡来的女儿？我问小彭：那晚上呢，她睡哪里？

小彭说：就睡病房里，和她妈挤一张床。孩子挺懂事儿，谁忙不过来就来搭把手，刚才9号床咽气，就是小张闺女发现的。

小彭看出了我脸上的惊愕表情，四方脸上浮现出一丝得意的神色，压低几分嗓门，颇为神秘地说：告诉你外女儿，9号床，是被红烧肉噎死的……她顿了顿，继续说：昨天9号床对他儿子说，想吃红烧肉，今天他儿子就做了红烧肉带来，谁知道他儿子喂他时，没把红烧肉打成糊，这事要是我做的，我就得丢工作。

我说：红烧肉打成糊不好吃。

可不是吗？9号床的儿子也是这么说的，他就想让他爸吃一口囫囵的红烧肉，一定要自己喂，要是我喂，不就打成糊了吗？老头真爱吃红烧肉，一口气吃了四块。他儿子还说：我爸胃口这么好，病也会好得快。谁想到，刚吃完，就在他儿子去洗饭盒的功夫，十分钟还不到，小张的闺女指着9号床喊我：大姨你看，你看。我回头一看，哎呀不好，脸是铁灰铁灰的，嘴角淌着白沫，我赶紧跑到跟前伸手摸他鼻子，我的个天，没气儿了。

说到这里，小彭心满意足地叹了口气：唉！吃着红烧肉"升天"，真是个有福的人。

与临终医院打了一段时间交道，我已基本了解护工们的说话方式，最典型的就是"升天"——这是所有护工对死亡的正式叫法，似是约定俗成。虽然她们惯常于用最粗俗的字眼描绘生活，譬如她们会把呼吸道原因引起的猝死叫"噎死"，她们还把心血管病人的猝死叫"憋死"，要是哪个病人走着走着倒地而死，不管什么原因引起的，她们都叫"摔死"。但当她们需要正式告知家属，或者需要总结性描述，就会回避直接用"死"这个字，她们也没有如大多数人那样，把"死"叫作"没了""走了"，这些词汇显得不痛不痒，偶尔还会产生歧义，毕竟，对于大多数人而言，死亡并不温情，死亡是尖锐而疼痛的。她们生活在最迫近死亡的地方，有时候是白天，看着病人在生死线上挣扎，直至停止呼吸；有时候，是在午夜时分，死神来临的最佳时刻，病人静静地停止心跳，无声无息，而她们，也正睡得安然成熟，她们与那个不再呼吸的躯体在同一间屋子里安眠到清晨……她们无时无刻不在遭遇死亡，便需要泼辣的性格和热烈的情绪来应对，这样才不至于被随时降临的死神吸纳了精神。她们拒绝使用那些文雅而又词不达意的语言，她们愿意落入最为动人的庸俗，说话一律大声，做事一律大刀阔斧，连睡觉都要大张旗鼓地打鼾，她们必须夸张地表现出强大的生命力。对死亡，她们若非藐视，便是升华为神话，于是，她们把"死"叫作"升天"——她们的选择令我心生敬意，我喜欢这个词，它让"死"变得不再那么疼痛，而死亡的惨烈性质，也因为"升天"这个词，变得神圣和浪漫起来。

可我依然惊异于小张居然让她女儿住在"临终医院"，还让她在病房之间到处流窜。我仔细打量了一下正在叠被子的女孩，细胳膊细腿，除了黑瘦，五官长得不丑，是那种尖下巴小脸蛋，与小张的圆胖脸完全不一样，果然不是亲生的。女孩跟着小彭不紧不慢地干活，动作却娴熟，可见她对家务活不陌生。可是，这张床上的被褥以及各种用具，属于一个刚刚死去的人，而这个人从生到死的那一刻，被她亲眼所见，一个十三岁的孩子，果真不害怕吗？

我从父亲的水果篮里拿出一根香蕉递给女孩：给你，拿去吃。女孩扭捏了一下，接过香蕉，放在床头柜上，继续整理床铺。

门外传来小张的呼喊声：妮儿——女孩撒腿就往外跑，跑到门口突然折返，回到病床边，伸手捡起床头柜上的香蕉，再回身，飞也似的向门外奔去。

　　　　　　　生活在"临终医院"

她终究还是个孩子，可她又不像孩子，"临终医院"不是游乐场，不惧怕死亡的人，莫非成熟理性之极，就是麻木愚钝，我不知道，这个孩子究竟属于哪一种。

五、愤怒的"小鸟"

1、9号床

9号床吃完一顿红烧肉后爽爽地升了天，小彭说，他是有福的人。9号床"升天"后，新的9号床很快就搬了进来。这一位的年龄，有些过于小了，才六十七岁就中了风，瘫在了床上，这么一来，四人病房里，他就是最小的"小阿弟"了。

"小阿弟"长着两道剑眉，头发都还黝黑浓密着，双目内抠，颧骨高高耸起，两颊凹陷，脸色是泛着黑气的黄。病房里有人进来，他会狠狠地朝那人扫上一眼，目光竟是恼怒的，扁薄的嘴唇紧紧抿住，嘴角往下撇着，两道法令纹深深地刻到下巴，面相便显阴郁，像是隐忍到了头，即刻就要动怒的样子。他让我想起曾经风靡的一款游戏，那只时刻愤怒着的、同时愁绪满面的小鸟。事实上，没人见过9号床真的发怒，他带着一脸怒气，静静地躺在病床上，自始至终。

姑且把他叫作"小阿弟"吧，在这里，六十七岁的他真的非常年轻，年轻到会说话、有思维、有意识，还有欲望，吃的欲望。每次我喂父亲吃水果，他总会把他仰躺的脑袋扭向我，愤怒的目光射向我手里的一只阿克苏冰糖心苹果，或者一只橘色的赣南橙。我拿出一把小刀，开始削苹果皮，细条状的红色果皮从我手里垂下来、垂下来，又一截一截地断裂，最后，果肉完全裸露。"小阿弟"安静地看着，我的眼角余光里，他凹陷的双颊努动了两下，喉头有吞咽的起伏。就在我准备把整个水果切成小块的当口，他扁薄的嘴唇终于迟疑着启开：这只苹果很大。

他虚弱的声音卡在喉咙深处，仿佛羞于从口腔里窜出，这与他愤怒的表情极不般配。他没有用感叹或询问的句式，也不是祈使句，他只是发出判断，是陈述句，自说自话的感觉。我听见了，我错误地以为，"小阿弟"只是没话找话。我继续切我的苹果，果肉在刀锋下发出脆爽的开裂声。就在整个苹果即将切完时，我听见身侧传来他更为虚弱的声音：拨我吃一块。

祈使句，我没听错，他发出了明确的要求。

我扭头看向他，他却并不让自己的目光与我接洽，而是垂着眼皮，眉头紧锁，脸上全是气恼的神色，仿佛有人逼着他，他是不得已才说出讨一块苹果吃的话，这让他感到无奈和羞愤。

我从切成块的苹果里挑出大大的一块，递向他。他从被子里伸出手，接过苹果，塞进嘴里咀嚼起来，凹陷的两颊因为口腔的运动变成两个蠕动的瘪坑，暗黄皮肤包裹着的颧骨也随之一起一落地耸动。他锁着眉头，吃得亦是羞愤，没有感谢的话，也没有对苹果是否好吃有任何评价。吃完一块苹果，他把目光重新移到我的手上，持续羞愤地看着我手里的水果。

我站在7号床和9号床之间，右边是我那患阿尔茨海默病的父亲，左边，是我叫不上名字的"小阿弟"，床头卡上写着的病因是心脑血管栓塞，冠心病。对面，是正在无意识地敲击着床栏的6号床，和无时无刻不打着呼噜的

　　　　　　　　　　　　愤怒的"小鸟"

8号床。接下去，我就像一个托儿所阿姨一样，左一块苹果，右一块苹果，喂给两个如同婴儿般嗷嗷待哺的老头。

一年前，"小阿弟"中风，送医及时，抢救过来，却也再没有站起来，终日在床榻上躺着。其实早就在卫生院挂了号排了队，却等了将近一年才轮到，终于住了进来。他那三十岁出头的女儿每天来探望他一次，多是上午9点前，或者下午5点后，上班之前、下班之后的时段。女儿在父亲的床头坐上二十分钟，与护工小彭闲话几句，而后与躺在床上的父亲说"爸爸，明朝再会"。女婿呢？进医院那天是来过的，后来，就没怎么来了，都是要上班的人，家里还有一岁不到的婴儿，哪有时间总跑医院？女儿每天来看看他，很不错了。这是小彭的说法，她似乎总能懂得和体谅病人家属的困难。

不过，他老婆从没来过，不是不来，是没法来。小彭这么说的时候，难得压低了嗓门，并且扫了一眼躺在床上持久愤怒着的"小阿弟"，凑到我耳边嘀咕道：坐牢呢。

我惊异于小彭神奇的能力，这也是所有护工的能力，病人的家庭状况，个人隐私，她是怎么知道的？似乎，万事在她们这里永远保不住秘密。

"小阿弟"住进医院的时候，他的妻子已经服刑两年多。很难说他的病不是妻子的事件引发，被判了十年刑，还有八年要熬，犯的是诈骗罪，按她自己的说法，叫集资，而且集的大多是亲戚朋友的资。她允诺亲友极丰厚的红利，人们知道，她在做大生意，有关地产方面的。那些年，只要靠上了房地产这一门生意，哪个不发财？时下的人，有工作的、没工作的，勤恳劳动的、懒惰潦倒的，人人都敢做发财梦。一夜之间变成富豪的，数数身边周围，好像还真不少啊！发了财的人介绍经验说，要敢想，敢做，要想办法拎到第一桶金。什么是第一桶金？第一桶金，就是鸡蛋，有了鸡蛋就能孵小鸡，小鸡养大了又能下鸡蛋，鸡生蛋、蛋生鸡，不发财才怪呢。不过，能拎到第一桶金的人，要有天大的胆量和魄力，更要紧的，得有天才的想象力，只有想不到的办法，没有发不了财的生意。好像，发财这件事，离每个人都不太遥远，一不小心，你就有成为富豪的可能，"小阿弟"的女人便是榜样，人们通过她这个成功案例，轻易地获得了胆量和魄力，一个个都变得有远见起来，深谙着"你不理财，财不理你"的道理，投资理财成了发家致富的最佳途径。难道不是吗？

"小阿弟"退休前是一家国有企业的职工，端铁饭碗的人，有退休金，饿不死，却也吃不胖，好在没什么野心，只求日子平顺。他的妻子，却是个活泛的女人，看起来智商不低，还能说会道，原本在一家私营企业打工，说是做营销，累死累活，生活却没有多大改变。不知道从哪一天开始，就渐渐地起了变化，开始学会打扮自己了，穿得山青水绿，赴饭局、组酒局，谈生意，眼见着有了发财的迹象。真正是一个聪明而有魄力的女人哪！

那是人们对她傲人的智商和能力的中肯评价，至于究竟如何发的财，却是谜。好在，她是一个慷慨的女人，她并不独享发财的机会，她愿意带领亲朋好友一起富起来，有饭大家吃，有财大家发。集资的号召很轻易地就得到了广泛的响应。其实，她早已美名远扬，更多人自动找上门来把钱交给她，认识她的、不认识的，拐弯抹角托人介绍来，纷纷拿出家底，投资到她的生意里。

然而，"小阿弟"却和他的女人不同，他认命，小富则安，无甚大志。可他左右不了她，只能远远地关注着独自闯荡江湖的妻子，只把自己做成一个默默无闻的内当家。他做得很好，近乎"贤惠"，妻子当然做得更好，眼见得日子越过越好，家底越来越厚，上门求亲的人络绎不绝，女儿的未来归宿，完全有了挑拣一番的资本，婚事更是办得隆重体面。妻子说：就一个女儿，我要把排场做得大一点。

女儿嫁得很风光，八部清一色奥迪A6，一部宾利领头，婚车队一路开到陆家嘴，黄浦江边的国际会议中心，酒席8888一桌，龙虾、鲍鱼、大闸蟹、法国波尔多葡萄酒、茅台、五粮液……可谓中西合璧、美轮美奂。婚礼场上，他的女人被她的客户、生意伙伴，或者，希望她提携发财的亲戚朋友们围绕着，左右逢源、游刃有余。他呢，站在她身边，像个蹩脚的跟班，连寒暄客套都不能胜任。他终究还是没有培养出属于富人的底气，脸上便时时流露出落寞与发愁，微弱，却也显然。其实，那只是他天生的相貌吧，嘴角始终往下挂着，像是随时在生气，浓郁的剑眉和突爆的眼球又使他面相带凶，一副愁苦而又不服气的样子。他的女人，肯定也已习惯了他那副时刻生气的面容，或者，她压根就看不见他溢于言表的担忧和焦虑，她正意气风发地做着她的女老板呢。

然而，发财的奥秘终归还是被揭穿了，她被告上了法庭，涉资巨大，被判了十年，罪名是诈骗。谜底揭晓的时候，人们大跌眼镜，事实的真相是，她自始至终没有做成过任何生意，所有赚钱的路数和一桩桩她嘴里描述的地产生意，似乎全都来自她的虚构。她最大的本事，就是让人们怀揣着希望为那些想象中的生意投下资金，然后，她用别人的金钱把自己的生活装饰成雍容华贵的样子，于是，那些想发财的人们趋之若鹜地投奔于她。其实，她的道门，和那些贷款、融资、集资做生意的，又有什么区别呢？世间的生意哪一桩不是用别人的钱做起来的？她只是差了那么一口气，她汇聚了别人的钱财，接下去的生意却没做成，她把别人送来准备孵小鸡的鸡蛋炒了吃了，那些鸡蛋没有履行孵小鸡的职责，更是没有完成"鸡生蛋、蛋生鸡"的远大目标。她差的，就是那么一口气，使鸡蛋孵出小鸡的那么一口气。告她的自然是投资给她的熟人，她想发财，他们也想发财，可是这中间的问题究竟出在哪里？那些做着发财梦的人们，一概无法想象……

这一关就是十年哪，不晓得他能不能熬到她出来……小彭叹了一口气，我禁不住看了9号床一眼，还好，他闭着眼睛。其实，小彭的叙述远比我的记录琐碎得多，并且没有明确的时间线，但我还是通过自己的脑补听懂了，我把零零碎碎、前颠后倒的故事拼凑起来，重新排序了一番，故事顿时通顺多了，只不过，很多词句并不是小彭能说出来的，诸如"勤勉""慷慨"，或者"左右逢源""游刃有余"，这些，都是我在理解了小彭的意思之后的翻译，她说的多是土话，越是说到精彩处与困惑处，她的土话使用率越频繁。

小彭与我讲述的时候，我们就站在父亲的床脚边，

"坐牢"两个字，小彭确是放低了音量，可是接下去，她越说越来劲，声音不可抑制地响亮起来。9号床就在7号床旁边，三米不到，我很担心被"小阿弟"听见。我们议论他人隐私，甚至不是在他人背后，我们当着他的面揭他的伤疤，这几乎是缺德的，如果被他听见，我会觉得羞愧与尴尬。我提醒小彭，可不可以到病房外面去讲？可是小彭并不担心：他啥都好着，就是耳朵聋，平时我和他说啥他都不答应我，不是聋是啥？

小彭依然声色并茂地叙述着，我时不时地瞥一眼躺在9号床上的他。他始终闭着眼睛，不知是睡着了，还是不想为我们谈论的话题流露尴尬，抑或，他不想面对我们的尴尬。可是，尽管闭着眼睛，他那张颧骨高耸、两颊凹陷的脸，却还一如既往地愤怒着。真是不可思议，他上辈子是怒神吗？我很是疑惑，他这副面孔，究竟是天生的，还是从他的妻子出事开始的？或者，从他中风，躺倒再也起不来的那天开始的？他脸上除了愤怒，曾经有过别的表情吗？假如抽去愤怒的表情，那将会是一张怎样的脸？他会笑吗？在女儿的婚礼上，他笑过吗？

我从未见过他笑，他时刻愤怒着，即便是在问我讨一块苹果吃的时候，或者，闭着眼睛睡觉的时候。不过，值得庆幸的是，怒神的耳朵是聋的，这很好，我想，这样

　　　　　　　　愤怒的"小鸟"

他就可以拒绝听见很多不喜欢听的声音，这是他的自我保护机制吧？这些年，他大概很少能听到令他愉悦的声音，于是，他干脆让自己聋了。

2、羊肉烧酒

"小阿弟"的女儿长得像父亲，我见过几次，多是在周末。她生了一副扁薄的嘴唇，一对剑眉，还有略高的颧骨，与父亲几近复制的脸，只因为年轻，便不给人随时都要恼怒的印象，而是，泼辣、干练。

女儿来医院，经常带来父亲喜欢吃的白切羊肉，还附带一小袋酱油蘸料，曹镇最著名的熟肉铺里买的，那家店的羊肉，口碑极好，他从年轻的时候吃到现在。以前，准确地说，是妻子最能"赚钱"的那两年，每天早上他都要去镇上的羊肉店，一小碟白切羊肉，或者一碗羊肉面，配上二两烧酒，浅酌慢品，一上午就过去了。

那时候的"小阿弟"，六十岁刚到，却因为退了休，便染上了老年人的起居习惯。譬如，天不亮就醒了，睡不着就起床，洗漱完，抬腿就去镇上。天麻麻亮，镇上已有两处地方开门营业，一是茶馆，二是羊肉店。去茶馆的多是囊中羞涩，两元钱泡一壶茶，坐一上午，有的还自带茶叶，好一点的茶压根没销路。老头们喝茶，是消磨时间，一壶好茶几十块，还不如去羊肉店。羊肉店里的早茶，实惠又营养，二十元不到，有肉有面还有酒。要是天天去，算起来也不便宜，所以，大多老头只是偶尔去打打牙祭，天天去羊肉店吃早茶的，要么无牵无挂还败家，要么是真的口袋里有钞票。"小阿弟"算是有钞票的客，退休金不低，妻子就还很能赚钱。"小阿弟"不是男权主义，他不管老婆的生意，只独享退休生活，吃吃羊肉，喝喝小酒，镇上泡茶馆的老头儿，有多少眼红他，也想和他一样，天天过羊肉烧酒的日子？

女儿成家后，一个礼拜来看父母一次，妻子自是脚不沾地的忙，家里就数"小阿弟"最空闲，最没贡献。他催女儿，快给他生个外孙子，女儿说，不急，趁年轻，抓紧时间玩，还没玩够呢。

女儿还没玩够，他的羊肉烧酒还没吃够，妻子就蹲了监牢。女儿立即收了心，把市区的婚房卖了，换了离父亲近一些的房子。他呢，整日张罗着拿什么替妻子把欠人家的钱还上。一年后，女儿给他生了一个外孙子，如此，小家庭总算基本稳固。然而，他却还没来得及把妻子欠下的钱还掉多少，就让自己中了风，从此，他的人生，就只能在一张床上度过了。

小彭早就摸清了规律，"小阿弟"的女儿，每隔两个星期给她父亲买一次羊肉，小彭也学会了如何喂9号床吃羊肉。起先，她把羊肉、米饭、蔬菜，包括一小袋酱油蘸料一起倒进搅拌机，搅成一碗浆糊喂给他吃。第一次，他张嘴衔一小口，眉头一皱，脑袋往枕边一偏，再不肯吃。

"小阿弟"牙口尚且健全，其实是不该打浆喂饭的。可是小彭不愿意，她负责护理的病人有六个，这一间病房四个，连带隔壁的两个，每天三次给六个人喂饭，就等于是十八次。要是等着病人一口口嚼烂咽下去，那要喂到什么时候？午饭没喂完，晚饭时间就该到了。护工要做的活太多太多，给病人擦身、翻身、换尿片、量体温、喂药、涂褥疮膏……小彭做什么事都以高效为准则，饭菜打成浆，要的就是安全、快速。

可是"小阿弟"对于吃羊肉，有他特别的要求。必须切成小号麻将牌那样的一块一块，蘸一蘸酱料，整块地送进嘴里，慢慢咀嚼，那样吃，口腔里才能获得最饱满的肉香，舌尖与唇齿间才能体验到瘦肉的质感和肥肉的丰腴，他一辈子都是这么吃的，打成浆，那还算什么白切羊肉？不吃！

"小阿弟"不肯吃浆糊饭，小彭没办法，只好按着他的要求，三两羊肉，一块一块蘸了调料，送进他嘴里。对护工来说，这可真是添了不少麻烦，吃得慢不说，还有噎着的危险。所以，小彭总是在他女儿送羊肉来的这一天脾气有些急躁，给他擦身、喂饭的时候，态度就会凶横几分。要是拉稀了，她会一边替他擦洗臀部，一边数落：看看，又拉肚子了吧？饭不吃，就爱吃零食，吃水果，吃羊肉，就你嘴馋，不给你洗，让你臭烘烘窝着，叫你贪吃……小彭的数落亦是讲究分寸，语速不快，却大声，还带着点咬牙切齿的狠劲儿，旁人并不能十分明白她口音浓重的家乡话，"小阿弟"大概也听不明白，但或许，他能从她的表情和语气里感觉到严厉与责备。每次拉完稀，他平摊摊裸着下身让她替他擦洗的时候，总是瞪着一双鼓胀的眼睛看着天花板，薄薄的嘴唇紧抿着，不说话，不皱眉，面无表情，一副任人宰割的样子，连常驻于脸上的愤怒也有所削弱，或者干脆消失。也许他自知理亏，或者，他知道，这种时候，他需要示弱。

　　这一日早上，女儿来了，床头柜上的餐盒里照例是三两白切羊肉，烧酒自然是不可能有了。女儿关照小彭：羊肉中午就喂给我爸爸吃，天气热，放到晚上就不新鲜了。

　　又是羊肉，小彭有些烦，便拿出更具主人翁态度的口吻，也或许是故意要给人家出难题：好，我中午就喂，对了，你妈呢？咋从没见她来？

"小阿弟"的妻子坐了牢，这是那段日子小彭与我们闲聊的重要话题，只是从未公然在9号床的家属面前提及，这种时候忽然问起，也许只是有怨气。可是没想到，"小阿弟"的女儿竟也不避讳，剑眉一扬，朗声说：关在牢里呢，犯了罪。

不知道是挫折把她的心磨大了，还是感觉出了小彭的促狭，她要以更强大的声势压过护工的气焰，倒让小彭不知道如何接话了。她也没让小彭继续问，而是自己往下说起来：以前日子过得苦啊！谁不想赚钞票？想要赚钞票就要做生意，大家伙把钱凑起来，生意可以做得大一些，又怎么能叫诈骗？这世道，有的凑钱叫集资，有的凑钱叫诈骗，我妈想都没想过会被她娘家的表哥给告了，就成了诈骗犯……

我的母亲在向我转述她亲眼所见的那场交锋时，对"小阿弟"的女儿表现出的沉着与泼辣深表佩服，她说：是不是她的妈坐了牢，她就有点"横竖横"了？看起来，小彭不是她的对手啊……

我却认为，"小阿弟"的女儿把话说得那么坦白，大概不是要和小彭抬杠的意思，也许她只是找到了倾诉的出口，她止不住地要往外倒，仿佛忽然抓住了一个为自己的母亲开脱的机会，或者，她只是为自己，为这些日子承受的那么多天大的委屈，为她现在的处境。是啊！哪个女人有她这样命苦？母亲关在监狱里，父亲躺在病床上，家道败落、六亲不靠，她一个弱女子，容易吗？童话故事里讲的都是丑小鸭脱胎换骨成白天鹅，灰姑娘变身王子的情人，可她完全是把童话故事倒过来演了，她是先甜后苦，公主落难成女仆，你叫她怎么咽得下这口气？所以，她这么回答小彭，其实是有些自暴自弃的宣泄了。

小彭只剩下了听的份儿，嗓子眼里渐渐多了几声呼应的"嗯、嗯"，这一边，更是起劲地诉说着，两人矗立在床脚边相对唏嘘，慨叹着世事难料、人心不古。正说得投入，"小阿弟"竟突然开口，软绵绵的一句话，插进她们滔滔不绝的声波：有什么好讲的，又不是啥光彩的事！

他没有聋，他全听见了，他说了一句思想表达极其完整的话，语调虽是绵软，却也无法掩藏地流露出深深的颓丧，以及隐约的怒气。是的，他总是带着一副怒容，却从未真的发怒，现在，他终于表里如一地展示了他的"怒"，声音轻弱，却像一把软刀子，柔柔地捅进一条湍湍激流的溪水中，似是无力，却也让溪水改了些许走向。

女儿止了声息，小彭则向病房外走去，嘴里大声喊道：哎哟，6号床盐水快要吊完了，我去叫医生！其实她又何须亲自去喊医生？只不过床头柜上的呼叫铃无法掩饰小彭的尴尬而已。

他没有再说第二句话，即便他的女儿把嘴凑到他耳边：爸爸，嘴巴干吗？要喝水吗？今天给你带羊肉了……床头柜上的透明餐盒里飘出熟羊肉的香味，他却瞪着眼睛，谁都不看，就这么静默着。

女儿要去上班了，她直着腰站在父亲跟前：爸爸，我走了哦？和我说再见。

他没有回答，一双怒目在女儿脸上瞟了瞟，即刻垂下眼皮，似还为她在外人面前自曝隐私而生气，又似是生自己的气……女儿真的要上班去了，她有些着急：爸爸，我走了哦，再会！说完抓起他的一只手，用另一只手拍了一记他的掌心。他被她左右着，做完被动的击掌，然后，动了一下嘴唇。没人听见他在说什么，那一击掌，算是告别，挺时尚的，或者是女儿与她那一岁半的小儿告别时常用的动作，现在，她那并不很老的老父亲也是个小孩子。击完掌，告完别，她折身出了病房，没有回头，每天都如此，反正明天还要来的，没什么依依不舍、频频回头的告别桥段。

3、不再愤怒

"小阿弟"似乎习惯了分享我父亲的零食，每次我们开始做准备，他就会扭过头，盯着我们手里的食物，大多时候不说话，只盯着看，怒视，好像他和我们手里的食物有仇。零食中，他最中意水果，苹果、鸭梨、甜橙、香蕉，只要被他看见，他就会犹豫挣扎一阵，而后愤愤地提出要求：拨我吃一块。我们总会匀出一些给他，他伸出手，接过去，塞进嘴里，而后开始愤怒地咀嚼。趟次多了，母亲有些怨言，在他提出"拨我吃一块"的时候反问他：你那么喜欢吃水果，你女儿怎么不给你送来？

说完这句话，我的母亲就会转过身，把背脊对着他。也许她要躲避他那双怒目，以及他眼神里曲曲折折的祈求。母亲只管把水果切成更薄更小的片片，这样喂给父亲，既可以让他享受一丁点儿食物的质感，又不至于嚼不碎。我那不明就里的父亲，只顾张嘴吃，吃的时候，是他最安静的时候。母亲的投喂及时而又稳妥，她全神贯注于自己的丈夫，虽然，她的丈夫依然不认识她。不知是出于何种心态，她不愿意扭头看一眼身后的"小阿弟"，如此，她便会在手里的水果所剩无几时，再次听见身后喏喏的声音：拨我吃一块。

他在水果所剩无几的最后时刻提出要求，祈使句。母亲不得不转身，他羞恼的目光终于落于临床家属的眼中。于是，母亲提起手里的一枚果核或者一张果皮，在他眼前晃晃，近乎残酷地说：没有了。

他并未流露失望的表情，怒目也并不因此而黯淡下来，只是扭转头颅，朝窗外看去。

我和母亲一样，对"小阿弟"讨要水果吃这件事，有着无法释然的困惑。我们实在不明白，他的女儿舍得给她父亲买更昂贵的白切羊肉，怎么就不舍得给他买水果?

答案终于来了。有一个周末，我去医院探望父亲，刚走近病房，就闻到一股浓烈的恶臭从房内飘出。跨进门，只见"小阿弟"赤身裸体地躺在床上，下半身浸在一大摊暗绿色的粪便中，太多水样的粪便，积成了一个污泥潭，臀部几乎被淹没。小彭端着一盆水从卫生间出来，我赶紧退到门外。

小彭完成清洁工作，我终于得以进入病房，未等我问及，小彭已经开始唠叨，我也终于了解了他女儿不买水果给父亲吃的原因，"他吃不得水果，冷的，生的，一吃就拉肚子，看看，又拉了一床。嘴馋得不行，肚子还不争气……"

我的母亲知道后，立即从微弱的愧疚中解脱出来，因为自己的"先见之明"，她变得理直气壮：看看，不给他吃水果是对的吧？不是我小气，我早就说了，不能随便给别的病人吃东西，你好心给他吃，把人家喂"升天"了也说不定的。

父亲在医院里住了大半年，母亲的言语也越发接近护工们的特征了，现在，她喜欢把"死"叫作"升天"。

那以后，在给父亲喂水果的时候，我也学着母亲的样子，背对着9号床，以避免与他眼神接洽。虽然，我总有一种后背被两道愤怒的目光刺穿的不安，但我还是坚持不回身，不看他，不理会他小声的祈求：拨我吃一块。

那天，小彭喂他吃饭，照例把蔬菜、肉蛋、米饭混在一起，用搅拌机打出一大杯浆糊，她舀起一勺，送到他嘴边，他却死死地闭着他那两片扁薄的嘴唇。

小彭说：你不吃饭不行啊！怎么能不吃哪？

他不说话，锁着眉头摇了摇头。小彭佯装生气：水果好吃是吧？可你吃了要拉肚子。羊肉好吃是吧？可也不能顿顿羊肉，你要把你女儿吃穷的！赶紧吃，吃三口，就三口，来！

许是担忧女儿被他"吃穷"，他终于张开了嘴，抿了一口浆糊，又抿了一口，再一口，三口满了，嘴又紧闭起来。小彭哄他：还有一口呢，还没到三口呢。他却无论如何不上当，闭着嘴，就是不吃，说好的三口，多一口都不行，倒也信守承诺。小彭无奈摇头，把一碗浆糊放在他床头，转身去给6号床喂饭了。

好饭好菜都打成了浆糊，又怎么能好吃呢？我的母亲总这么说，所以，每天她都会亲自给她的老伴喂一顿饭，不打浆的那种。虽然父亲已经不会说话，牙齿也只剩下半口，但母亲还是愿意让他吃得好一点，一餐饭，一次饭后水果，母亲坚持自己喂。要是让小彭喂，水果饭菜还不都变成浆糊？她总这么对我说。

没有人给"小阿弟"喂不打浆的饭，女儿要上班，没时间，可是他的味觉神经还没坏，脑子，似乎也没坏，他知道什么好吃，什么不好吃，如此，他便每每闭嘴绝食，以示抗议。

住进医院一段时间后，他消瘦了，可他终日以平躺的姿势示人，那张脸，因地球引力而整个地朝四周阔摊开来，人们便看不出他的消瘦，包括医生、护士，还有他的女儿。只有小彭有所察觉，有一回给他擦身，掀开被子，就见两条干柴棍似的细腿，胯骨尖锐地突出，几乎把小彭的手都要戳痛。给他翻身好像越发容易了，只要扶住他的背，轻轻一拨、一推，那具不会动弹的躯体轻易就能侧过来，比7号床老薛容易多了。不过，在小彭眼里，这一切都是正常的，她见得多了，瘫痪的病人，哪个不是身上腿上的肌肉都在萎缩？

那一天很普通，那一天是"小阿弟"住进曹镇社区卫生服务中心的一年零二十天，他的女儿照例在早上八点前来了一趟医院，没给他带羊肉，匆匆地来，又匆匆地去上班了。那一天他照例不肯吃打成浆糊的饭菜，当然也没有拉稀，吃得少，没什么可拉的。入夜，别人都睡了，小彭也在病房里铺开行军床准备躺下。要熄灯了，"小阿弟"却喊起来，小彭弯起身细听，只听见他语焉不详的哼哼。小彭问：怎么啦？他皱着眉头，发出柔弱而又清晰的要求：嘴巴干。他带着一脸愤怒，眼睛却看着对面8号床吊瓶架上挂着的一兜水果。小彭知道，他是馋水果了，但他不能吃水果，他的肠胃不能消受，于是起身，给他倒了一杯开水。他嫌烫，小彭又把自己茶杯里的凉开水兑了一些进去，送到他嘴边，他还嫌烫，目光自始至终没有离开过挂在对床架子上骄傲地晃悠着的水果兜。那怎么办？小彭说，你也不能吃水果啊！我要给你吃了，到时候拉肚子了，你女儿可要怪我……他没有申辩，只锁着眉头，一脸愤怒地闭上了眼睛。小彭便把水杯放在床头柜上，插入一根吸管，以便于他想喝水的时候可以自己操作。做完这一切，小彭才回到行军床上躺下睡了。

二十米长的走廊里，病房门虚掩着，五个护工分别睡在她们负责看护的病房内，熄灯了，有鼾声传来，也有痴呆病人任何时候都有可能发出的自言自语，白天并不显然，夜晚，那些此起彼伏的呢喃或者呻吟，在"临终医院"唯一一条走廊里贯穿、弥漫。护工们习惯了，小张、小彭、小丁、小兰、小魏，她们在劳累的白天过去后，沉沉地睡着了。

凌晨四点半，小彭如常起床，洗漱干净后，准备给病人擦身、翻身、换尿袋，病房里已是灯光大亮。6号床，似乎还在闭眼沉睡，可他是醒着的，一双二十四小时被看护带绑着的筋骨条条却又白得失血的瘦手，正挣扎着向空中莫名挥舞；7号床，我的父亲，他正发出早晨惯有的呓语，没人能听懂他在说什么，小彭并不搭腔，只任凭他发表着一个人的演讲；8号床显然醒了，睁着一双警惕的小眼睛，追踪着小彭豆绿色制服的身影左右穿梭，张开的嘴巴里持续喷出带着痰气的鼾声；然后，是9号床，无声无息的9号床……小彭的目光扫向他，白色的水杯还在床头柜上立着，吸管也还斜斜地插在里面，那个角度、深浅，与前一晚她插进去时一模一样。他没喝水？小彭走近床边，看了一眼仰面朝天躺着的9号床，顿时一惊。那张平时黄中带黑的脸，此刻却是灰白色的，眉眼间那股哪怕睡着了都不消失的怒气，这会儿全没了，连皱纹，也似乎在一夜之间被抚平，就好像一张被熨过的废纸，忽然间变得平整，却完全失去了生气。

小彭是有经验的，病人的样子让她立即判断，这一位大概率是"升天"了，便迅速按下床头的呼叫铃。医生很快进来，摸脉搏、照瞳孔，一连串的诊断动作，而后，医生抬头：冠心病复发，已无生命体征，通知家属吧。

小彭拉起床单，盖住那张不再愤怒的脸。五分钟后，两名男性工作人员推着一张停尸床进病房，通身包着白被单的"小阿弟"被抬上铁床，推出病房，去了离住院部大楼十多米远的一间小独屋，那里就是社区卫生服务中心的太平间，门口并未挂牌子。

半小时后，"小阿弟"的女儿冲进病房，她是独自一人赶来的，没有别的亲人陪同。她看着空空的9号床，霎时大哭，声音几乎震碎屋顶。她的父亲已经不在床上，她就站在病床前哭着，没有人阻止她。小彭任由她哭了一会儿，稍稍平息，才带她到医生办公室，开死亡证明，签字，打电话给殡仪馆，一系列操作完成，小彭才回了病房。

这一天，四人病房里再次空出一张床位，9号床被抬走了，不，那张床并没有被抬走，抬走的是床上的那个人。小彭忙碌着打扫卫生，清理掉床上用品，扔掉床头柜里的药物、杯子、饭盒、尿袋……小彭抽出插在床头的那张病历卡，白色的卡片贴在墙上一年多，有些发黄，"闵福根"三个蝇头小字上染着来历不明的污渍，显得脏兮兮。

小彭并不看卡片上的名字，她不关心那个刚"升天"的老头叫什么名字，她只是觉得有些遗憾：早知道他后半夜就要"升天"，昨晚怎么都该给他吃个水果是吧？吃两个、三个也行，他爱吃几个就几个！都要升天了还不让人家吃？真是造孽啊！这个9号床，福气可真没上一个9号床好，人家是吃红烧肉噎死的，他连一个水果都没吃上……

些微的遗憾并未影响小彭的工作效率，她很快换下床单、褥子、气垫、枕头，换上了全套干净的床上用品，她必须立即收拾好，下午，一位已经等了半年多的脑梗病人就要住进来，又一个新的"9号床"就要来了，来替代那个爱吃羊肉的、一吃水果就要拉肚子的、在"临终医院"里住了一年零二十一天的"小阿弟"。

六、那些未知的财富

9号床"小阿弟"升了天，8号床肖老头就降格为本病房最年轻的病人。肖老头七十二岁，长着一条剑鞘般的长下巴，他不像其他病人，大多时候昏沉沉地睡着，他不睡，他半靠在床头，嘴唇不受控地翕开，洞开的口腔里吹出一股股痰气浓重的鼾声。他的一双三角眼还很是灵敏，滴溜溜地转着，整日忙着东张西望，有人进病房，他一定会在第一时间把两道疑虑重重的目光射向来人。他还能偶尔下地走走，能自己爬起来去卫生间解手。他一手提着松松垮垮的条纹病号裤，一手扶住床栏，往前跨几步，够到卫生间门框，一把抓住，再往前跨几步，一路跌跌撞撞地扑到卫生间的马桶边，提着裤子的手一松，"哗啦"一下，裤子落到脚面上，顿时，他那包着纸尿裤的臀部裸露而出。并不是每次拉屎撒尿他都能很好地控制，所以护工总给他包着纸尿裤。他佝偻着身躯立在马桶前，摸摸索索地撕扯着纸尿裤，大约一分钟，皱巴巴的白色三角形纸尿裤终于被他从身上撕剥下来，黑瘦的臀部终见天日。他一屁股坐上马桶，与此同时，淅淅沥沥的尿声传来，绵长而无力。

每每挣扎着上厕所，他总不记得要把门关上，好几次，在无所遮挡的视线范围内，我看见肖老头敞开着厕所大门坐在马桶上像个老女人一样撒尿。这种时候，我必须调转身躯，或者飞闪而过，我试图无视这猥琐而又令人尴尬的一幕，然而，他还是会不经意地进入我的视线，并且留下尖锐而不堪的印象。七十二岁的老男人垂着他那颗尖细的花白脑袋，身姿就像一只弯曲的虾米。这只大型虾米在马桶上一坐就是半天，排泄这件事似乎让他很受用。的确，在这间病房里，没有一个病人能像他这样，自己走进卫生间，自己脱下裤子，自己撕开纸尿裤，自己完成整个排泄过程。他坐在马桶上的形象总是通过敞开的厕所门向走过路过的医生、护士以及病人家属一览无余地展示，但这并不对他构成道德与尊严的压力。因为，在临终医院，这是一件多么平常的事。于他而言，更重要的是，病房里其余人只能以横躺的姿势度过一天二十四小时，并且双手都被看护带缚着，半身或者全身不遂的他们必须让屎尿沾染在身上许久，等待着护工通过空气中排泄物的气味含量来发现他们已然排便，而后等待她们有空或者认为有必要的时候替自己处理。相比而言，肖老头所具备的"优越性"，足以让他忘记当众排泄的难堪与尴尬。

护工的鼻子已经训练得相当灵敏，她们能区分出究竟是几号床排便了，还能准确判断出是在排便中还是已经完成排便，是正常排便还是腹泻拉稀。小彭说，一闻就知道了，不用掀被子看。至于小便，男病人好办，拿一个大号保鲜袋套住生殖器，不松不紧地系牢，太紧会淤血，松了会漏尿。所以，卧床病人双手都得用看护带缚住，不让他们的手够到下身，要不他们会把尿袋尿垫都抓掉……小彭一边替父亲换尿袋，一边不时地朝我看一眼，方形的颌骨一抬，尽是富有经验的骄傲神色。

我目不斜视地看着小彭的面孔，我不敢低头，不敢偏移视线，我怕看见躺在床上裸露着身躯的父亲，这是

那些未知的财富

我无法正视的一幕，心痛却又无可奈何。是的，在这间病房里，除了肖老头，其余三人每天都要不止一次地裸露他们的身体，让已经没有性别意识的女性护工用戴着橡胶手套的手粗暴地擦洗。在这一点上，肖老头显然可以傲视"群雄"。他能站起来，还能扶着床架和门框走动，他的双手从来没有被缚住的时候，虽然他偶尔也会失控，所以，护工坚持要给他包纸尿裤，但他能自己脱纸尿裤，还能穿上。每次解完手，他总要佝偻着身躯站在马桶边，两手提起纸尿裤，敷上臀部。他低着头，尖瘦的脑袋几乎要垂到裤裆里，摸索好久，找到黏胶搭扣，贴上，然后，把堆在脚面上的裤子提起来，穿好。这就是肖老头胜过别人的地方，在这间病房里，他是唯一一个艰难地拥有着自由的人，所以，肖老头总是带着一脸主人翁的神态注视着每一位进入病房的"外人"，包括医生、护士，或者病友的家属，目光充满怀疑和审视。

除了上厕所，还有一件事情，肖老头也总是坚持自己做。每到饭点，小彭把饭菜端进病房，放在床头柜上，再端一把椅子放在床边，肖老头就会摸摸索索地从床上爬起来，双脚落到地面上的一双黑色布鞋，套进去，站起来，把臀部挪到床头柜前的黑色人造革靠背椅上，然后，面对着一份病号饭菜，一边转着他那双发亮的三角眼，一边津津有味地吃起来。

我确信他是一个懂得享受生活的人，虽然他已经老得像一只弯曲的干虾米，但他依然愿意在吃喝拉撒的问题上把自己搞得舒适一点。譬如他床头的吊瓶架上总是挂着一个塑料袋，袋子里是从不间断的水果，有时候是一大串芝麻香蕉，有时候是一堆芒果，或者三五个大木瓜。似乎，他更喜欢吃黄色果皮的热带水果，塑料袋里从来没有出现过苹果抑或梨之类脆口的水果，也许是牙的问题，黄皮水果大多软和。他爱吃，但他消耗水果的速度却远远跟不上水果腐烂的速度。因为病房过于暖和的温度，塑料袋内层总是附着一些水汽，水果的表皮就容易长出黑色斑点，软塌塌的一袋子，老气横秋的黄，于是，病房里终日弥漫着水果成熟过头的发酵气息。

肖老头的床脚下还藏着一箱十二罐装的八宝粥，一箱光明莫斯利安酸奶。倘若食堂的饭菜不对胃口，他会让护工替他开一罐八宝粥。下午睡醒过来，他也总要喝一罐酸奶，抿着吸管，发出"滋溜滋溜"的声响，没一分钟，一罐莫斯利安就喝完了。他喜欢软糯的甜食，八宝粥是最爱，平均每天消耗一罐；还有香蕉，每天一到两个。当然，八宝粥要"达利园"牌，桂圆莲子的，"哇哈哈"其次；香蕉最好是广东芝麻小香蕉，那种看起来黄得发亮的像塑料一样的进口香蕉，他是不吃的。他从不亏待自己，一打装的八宝粥快吃完了，就要差人去买来补上，香蕉烂熟发黑了，吃不得了，扔掉，再去买新的。他坚持着水果、牛奶的"高品质"生活，当然，他是花自己的钱，爱吃什么就买什么，没人能阻止他，也没人有权利阻止他。

隔壁6号床的儿子每个星期来看他的老爹两三次，他在镇里的政府机关上班，是干部，也不知是宣传部门还是人事部门的一名科长。他的爹，除了喘气不会做任何事，时刻处于昏睡状态，相当于半个植物人。儿子来，是探望父亲，父亲是否知道儿子来了，也未可知。通常，这科长儿子会拖一把椅子，在爹爹的床边坐上半小时、一小时，然后走人。他的爹对他没有任何要求，只顾自己闭着眼睛、张着嘴，偶尔发出一两声无意义的呻吟。有意思的是，8号床肖老头，却总在这位科长来看自己的爹爹时请他帮忙。第一次，肖老头抖抖索索地从枕头边摸出一个钱包，掏出一张百元钞票，对6号床的科长儿子说：弟弟，麻烦你，帮我到超市里去买一箱八宝粥好伐？要"达利园"的，桂圆莲子。

因为中过风，肖老头说话口齿并不清晰，但科长还是听懂了。他以为这只是偶然情况，正好吃到八宝粥没有了，而8号床的子女这一天没来，让邻床家属帮个忙，当属正常。于是拿着钱，去镇上的超市买回一箱达利园八宝粥，塞进肖老头的床底下，同时把找零交到他手上。肖老头不忘说声"谢谢"，科长答：不客气，老伯伯，小事一桩。

然而，令科长疑惑的是，肖老头请他帮忙买食物并非这偶然一次，接下去很多次，科长去看父亲，他都要请他帮忙：

"弟弟，麻烦你，帮我到超市里去买一箱酸奶，光明的，好伐？"

"弟弟，麻烦你去一趟邮局，帮我领五百块洋钿，我的退休金，好伐？"

这就有些奇怪了，老头为何要让一个素不相识的邻床家属替他买东西？甚至让别人拿着他的身份证和银行卡去领他的钱？他没有子女吗？

8号床肖老头并没有替自己找借口，也不主动道出原因，只是每每等到6号床的科长儿子来了，就请人家帮忙。他大概没有儿子，他把别人的儿子当成了自己的儿子吧？又或者，科长是个国家干部，官方身份令肖老头感到放心。科长终是不解，便去问小彭，小彭回答得干脆：他怎么没有儿子？他儿子不止一个呢。

那一天，我去医院探望父亲，6号床的科长儿子恰巧也在，更令人意外的是，我竟见到了8号床的儿子们。肖老头不仅有儿子，还足足有三个，人高马大的，往父亲床边一站，病房顿时显得极其拥挤。这三个儿子平时很少来医院看父亲，一来，三个齐刷刷地一起来。我想，肖老头该让他那三个儿子替他干点什么了吧？不能总麻烦6号床的科长儿子。可是没有，三个儿子并排站在父亲床前，肖老头半躺在床上，垂着眼皮，不看他们，也不和他们说话。三个大男人把他们的老爹团团围着，却没有一个人开口嘘寒问暖，也没有一个人替他们的老爹动手干点什么，就这么傻站了一会儿，直到护士进来，递给儿子们一张单子：你们谁签字？

老大接过单子看了一眼，递给老二，老二看了一眼，又递给老三，老三看了看，还给老大。老大又瞄了一眼躺在床上的老爹，说：那我们一起签字吧。于是，三人一个接一个地在单子上签了字，然后，老大冲着肖老头说：阿爸，我走了，晚上亲家公上门吃饭，我还没买菜呢。

老二说：阿爸，要吃啥用啥你对护工说，我走了，我只请了半天假，下半天要上班的。

老三没什么理由好说，憋出五个字：阿爸……我走了。

三个儿子齐刷刷地离开了病房，自始至终，肖老头没和他们说一句话，只垂着眼皮躺在床上，根本不让自己那双锐利的三角眼多扫他那三个儿子一眼。可三个儿子前脚一走，肖老头立即活了过来。他从床上挣扎着坐起来，三角眼溜溜转着四顾了一圈，找到坐在窗边的6号床的科长儿子，扭身从枕边摸出钱包：弟弟，麻烦你，帮我到超市买一盒申岛牌鲜奶鸡蛋卷好伐……

科长点头，脸上却已流露出诧异，可他还是接过钱，出了病房。等他买回一大盒申岛蛋卷交给肖老头时，终于憋不住问：老伯伯，刚才你的三个儿子在这里，怎么不差他们去买啊？

肖老头抬起三角眼看了看科长，发出一串口齿含混却铿锵有力的话：叫他们买？我的钞票就有去无回了。

科长笑了：那怎么会呢，我看他们都对你蛮孝顺的，都来看你呢。

肖老头冷笑一声：哼！他们是来看看我死了没有，等我一死，他们就可以分我的钞票了。

科长有些尴尬，便扯开话题：老伯伯，你真有眼光，这申岛蛋卷还真不是每家商店都有，老牌子了。

肖老头不置可否，顾自打开深蓝色食品盒，捏出一个小小的蛋卷，抿着缺牙的嘴，一口一个吃起来。科长没再问下去，毕竟是当了一官半职的人，有分寸。

肖老头吃了三个蛋卷，躺下睡了。小彭走到科长边上，指了指8号床，小声说：铁公鸡，一毛不拔，他的钱看得可牢，刚才他儿子来，是来付这个月的餐费和住院费，三个儿子平摊。他有钱，可他就是一分钱不肯掏……说完，小彭眯起眼睛意味深长地笑，笑得眼角伸展出数条鱼尾纹。

科长说：老子不付钱，那就做儿子的付嘛，和老人计较什么。

小彭咂了咂嘴：他那三个儿子，和老爹一个德性，哪个都不肯多出钱，每个月付住院费、护工费、饭费、被服费，都是三个人一起来，一起签字，只要一个没来，另两个就不签字，不付钱。那话是怎么说的？有什么父，有什么子？你对儿子抠门，儿子对你也抠门。

科长被小彭说得笑起来：有点道理。

得了科长的认可，小彭更是来了兴致，嗓门也不再刻意压低：你说这老头，对儿子也这么抠门，有啥意思？我们在这里拼命干活挣钱，还不是想给小的多留一点？

科长回答得不痛不痒：父母与子女相处不好，多数是双方都有责任，每个人都会老的，想想自己老了以后会是什么样子？这么一说，科长似乎有些悲观，深深地叹了一口气：唉！而后朝6号床上自己的父亲看了一眼，又指了指8号床说：他还知道要把钱留着给自己，买达利园八宝粥和光明莫斯利安酸奶，这也算是一种追求，像我爹爹这样，任你给他吃啥，他都不晓得好坏了，活着还有什么意思？

小彭接过话头：你们都是国家干部，有退休金，多活一个月就多拿一份钱，哪像我们……科长发出两声"呵呵"的苦笑，小彭和他说的压根不是一件事，他们把天聊死了。

病房里，被科长认为活得没多少意思的老人们，却还在千方百计地活着，哪怕像植物人似的活着。当然，活得最好的，就数8号床肖老头，有谁能像他这般懂得享受生活呢？

然而，有一天，肖老头的生活忽然变得不再那么有滋有味了，也不知道是从什么时候开始的，他居然失去了吃的欲望，也不再挣扎着下地去卫生间解手，挂在吊瓶架子上的塑料袋里，香蕉和芒果都要烂了，也不让人去替他买新鲜的，床底下的八宝粥，不再一天一罐消耗得那么勤，一箱莫斯利安酸奶，买来半个多月了，还没喝完……一个七十二岁的老人失去了吃的欲望，那一定是这个垂老的生命遭遇到了某种危机，身体的危机，或者，心理的危机。小彭早就看出来了，她掐指一算，确定是因为9号床"小阿弟"升天刺激到了他，就是从那天开始，肖老头变了样。

那天凌晨与平时一样，肖老头早早地醒来，等着小彭给他洗脸。他三角眼里的目光追随着小彭，从卫生间到床铺，又从床铺到卫生间，小彭来回穿梭忙碌着，肖老头的眼神也忙碌着。小彭先是给靠窗的6号床和7号床擦了身，然后给8号床肖老头擦了身，擦完，肖老头就舒舒服服地躺在床上等着，等小彭给9号床擦完身，就可以去饭堂拿早餐来给他们吃了。

肖老头追随着护工的脚步，眼看着小彭端一盆热水走向9号床。突然，小彭发出一记声色俱厉的叫声：不好！随即，她按下床头呼叫铃，豆绿色制服的身影像一道闪电一样冲出病房，几个穿白大褂的身影如幽灵般鱼贯而入，白色的人们团团围住了9号床……

9号床"小阿弟"心脏病突发，死于天亮之前的子夜时分，于凌晨五点被护工小彭发现，尸体移出病房时，正是天色大亮的六点时分。除了医生、护士和护工，这间病房里的病人们并不知道有人升天了，只有8号床肖老头，从凌晨五点开始，病房里发生的一切，自始至终落在他的眼睛里。半个多小时后，9号床的女儿赶到，凄厉的哭声响彻整个病区。肖老头本是闭着眼睛，张开的嘴里吹出断断续续的鼾声，号啕声把他惊得猛然睁开眼，三角小眼里流出惊惧的目光。

他怕了，我看他那个样子，就是怕了，这回太急，没来得及给他们耳朵里塞棉花……小彭这么说的时候，嘴里发出"啧啧"的叹息声，为自己没来得及给她的病人堵上耳朵，为没有及时帮助他们避开与死神的照面。

那天，肖老头一直没吃饭，任何突发的响动都会惊得他浑身一颤。小彭叫他：老头，吃饭了！他就浑身一颤，定泱泱的目光缓慢地移向叫唤他的人，全然没了以往贼溜溜的活泛劲儿。直到入夜，肖老头一直没睡，也一直吃不下饭，连他最爱的八宝粥都不吃。没人知道他在想什么，也许，9号床的死去对他打击太大，他忽然意识到死亡离他如此之近，近到只有一张病床与另一张病床之间两米的距离。

那以后，肖老头靠着打吊针勉强挨过了整整一个月，都以为他快要不行了，小彭说，看来活不过一个月了。他的三个儿子也说，看来挺不过去了。那一个月里，三个儿子好几次趴在他们老爹的耳根边问：阿爸，你的存折放在哪里？阿爸，你把密码告诉我们，办事要花钞票的；阿爸，钞票放在银行里没用的，我们帮你拿出来，给你买好吃的……他们的阿爸却一句都没有回答他们，他睁着一双三角眼，保持着呆滞的沉默，抑或长时间垂着眼皮，似乎要以这强硬的态度表示他虽已去日无多，却永远不会向他的儿子们投降。

然而，一个月过去了，他却没有升天，他离死神的距离并不是近到仅仅一张床与另一张的距离，他七十二岁的生命还很顽强，他挺过来了，并且渐渐地开始主动要求进食，这可真是大大地出乎了他三个儿子的预料。小彭说：老爷子身体好啊！扛过去了，还有活头呢！

三个儿子带着三脸不情愿的表情附和小彭，说着一些欢欣鼓舞的话：是啊是啊，我们阿爸是命好……

肖老头依然占据着他那张8号病床，他还继续活着，只是，他的零食与水果的消耗量明显降低。他几乎不再挣扎着自己上厕所，也很少坐在床头柜边自己吃饭。他似乎还想尝试下地走动，有一天，他颤颤巍巍地起了床，扶住床栏、门框，一路跌跌撞撞地扑到卫生间。紧接着，他用了比以往更长的时间，摸索着撕开包住臀部的纸尿裤，然后佝偻着身躯坐在马桶上，一坐就是半天。当他站起来时，终于还是忘了把脱下的纸尿裤再次包住自己的臀部，他甚至忘了要把裤子提起来，他就那样吊着半拉纸尿裤，裸露着下半身，扶着门框，从卫生间跌跌撞撞地把自己移到床边，他走过的那三五米，淋洒了一路斑斑驳驳的屎尿。小彭冲进病房，安徽口音的呵斥声顿时爆出：叫你不要自己上厕所，你咋不听？你涂一身一地，我还得洗……他已经没有能力去维护自己的形象，他就那么弯腰曲背地站在床边，屁股后面挂着一大片撕开的纸尿裤，细瘦的大腿根部涂满黄黑的粪便，脚面上堆着染脏的裤子，一双三角眼里没有流露出任何带有情感色彩的光芒，只呆呆地看着小彭。

他不再下床，小彭给他包在身上的纸尿裤终于正式派上用场，他也不再自己吃饭，只还是不太愿意吃小彭给他打成浆糊的饭食，这时候，他会对小彭说一句话，口齿不太清晰，但小彭听得懂：八宝粥……

他还知道要吃八宝粥，似乎，吃的欲望还略有残存。小彭总是回答：不准吃八宝粥，没有营养，吃饭吃菜身体才会好。

他不反驳，不争取，只是闭着嘴，不说话，也不吃，非暴力不合作。小彭没办法，只好给他开一罐八宝粥，可是，即便八宝粥打开了，他也吃不完一罐。

6号床的科长儿子来医院探望老爹，有时会特意问他：老伯伯，今天要给你买点啥吗？八宝粥？酸奶？还是申岛蛋卷？

肖老头慢吞吞地睁开他那双不再活络的三角眼，摇摇头。现在，每每有家属去探望病人，踏进病房的那一刻，他也再不会第一时间就把他那主人翁般怀疑以及审视的目光射向来人，大多时候，他把他那颗尖瘦的脑袋歪在垫得很高的枕头上，脑袋几乎与细极的脖子脱节，折断了一般，并且，他始终垂着眼皮，不知是睡着了还是假寐，嘴里却一如既往地吹出满含痰气的鼾声。按照小彭的说法：8号床一时还升不了天，不过也好不到哪儿去，半罐八宝粥都吃不完。

小彭还有一个担忧，万一哪天8号床真的升了天，他的钱，究竟藏在哪儿？他的银行卡密码是多少？他那三个儿子知道吗？他压在枕头下面的钱包里只装了一张邮政银行的退休金卡，要是还有存折或者别的卡，鬼知道他藏在哪里呢。这么一说，小彭忽然想起来，那个6号床的科长儿子肯定知道肖老头的邮政银行卡密码，老头托他去领过退休金。问题是，这个肖老头，敢把银行工资卡和密码交托给陌生人，却一分钱都不肯给自家儿子，你说老头奇怪不奇怪？

关于肖老头那些未知的"财富"，小彭在我和母亲面前聊起过很多次，小彭操着肖老头的心，见谁都要说一遍她的疑虑和担忧。母亲是老财务，她向小彭解释：银行是可以查账的，他那三个儿子要分配老爹的遗产，就要去公证处……母亲自是有她的经验和体会，她说：兄弟姐妹为了争夺爹妈的钱和房子，打官司上法庭的多了去了，所以呢，人老了，最好趁着脑子还灵清，先写好遗嘱，省得闹矛盾……我的母亲说到这里，话锋一转，扭头对我说：不过，我的儿女我是了解的，我不需要立什么遗嘱，你和弟弟从小相互谦让，肯定不会为了争夺父母的财产闹矛盾……

她仿佛在考验我，或者，要通过这么一个案例来验证她对她的儿子和女儿最具信任的嘱托。对此我只能点头表示赞同，并且与她开玩笑：老妈，你有几个钱值得我们去争夺？打官司、请律师都要花钱的，费时费力不说，万一输了，财产没拿到，还要赔本，我可不干，我宁愿啥都不要……母亲得到了我并非正式但也算是某种形式的承诺，心满意足地笑了。可是不知道为什么，她的笑，让我心里生出些许莫名的气恼，就像小时候，她拿出两个大小不一般的苹果放在我和弟弟面前，你们自己选，她说。我和弟弟，我们俩谁都不会去选大的那一个，因为我们谙熟那个听过无数遍的"让梨"的故事。可是我深深地记得，童年的我，从来做不到真的忽视那只看起来更大、更漂亮的苹果，那是作为一个人所拥有的天性。当我主动放弃那只更大更漂亮的苹果的时候，那种隐隐约约的心疼，那种心有不甘的懊恼，也许比在争夺中失败更为剧烈。

我很想对母亲说：信任我们，但不要考验我们，你有权利决定如何分配你的财产，但你不要以此来辨别我们是否忠诚、是否无私。过于依赖道德判断，很多时候会伤害到人心本善的底线。

当然，我什么都没说，这个问题早已无关乎钱，这也不仅仅是价值观的差别。年过七旬的母亲并不是不懂得人性所驱，她只是寄于她的子女更高的道德期望，她希望我们压制内心的欲望，她希望我们拥有更"高尚"的节操，如果我们做到了，她会因此而骄傲。

然而，肖老头的三个儿子却做不到这么"高尚"，我想，我能理解他们作为普通人的现实追求，甚至，因为肖老头的作为，我对他那三个儿子也生出了些许的同情。我无法想象，他们的童年、少年，抑或青年时代，是不是有过相互谦让的经历？分吃三只大小不一样的苹果，或者共同享用一碗红烧肉，那时候，肖老头是怎么做的？他们又是怎么选的？

我试图这么想象的时候，忽然又生出些许犹豫。也许，母亲让我和弟弟自己去选那两个大小不一般的苹果，这么做是对的？

七、老去的张家"小少爷"

　　我的外公张明奎，2012年就以"23床"的代号住进了社区卫生服务中心。在脑出血发病前一分钟，他还在书房里拨着算盘记账。八十七岁的张明奎老先生手头掌握着不少财富，一笔不知具体数字的金钱，一栋市价近千万的沿街二层老楼。他的金钱，一部分以股票的形式在牛市以及熊市的更替中上上下下地坐着电梯，另一部分，分别以定期存款和活期储蓄的方式保存。他从不向老伴和子女公布自己的财产状况，七个子女只晓得爹爹有钱，有钱到什么程度，一概不知。

外公退休以后的日子过得很有规律，早上起床，洗漱后早餐，一碗泡饭，佐以某个女儿孝敬的肉松和咸鸭蛋，吃完放下饭碗，拍拍屁股出门，坐上一部公交车，二十分钟车程，到达川沙城里的证交所。那时候还有敬老卡，坐公交车不花钱，他天天去证交所，相当于去上班。每天，他和一群老头老太太们守候在交易大厅那面红绿交替的大屏幕前，成为一道从上午九点到下午三点雷打不动的风景。后来，我的大舅在一台淘汰的旧电脑上给他安装了股票软件，那以后，他就不再去证交所，而是整日待在家里，对着一面十四寸小屏幕静静坐守。他不会在电脑上操作买进卖出，他只会看，看K线图，看数据，看他买的那几只股票红了还是绿了，上升了还是下跌了。股票收市，他便拖过他那把油光锃亮的老算盘，"踢踢踏踏"一阵拨，算算他今天挣了多少钱，或者，赔了多少钱。

就这样，张明奎老先生天天像个金融家一样做着他伟大的理财事业，可是这么些年来，他究竟挣了还是赔了？挣了多少？赔了多少？没有人知道，他不说，一丝口风都不透，哪怕在老伴和儿女面前也滴水不漏。偶尔，某位女婿与他开玩笑：爹爹，今天股票涨了，你那只"张江高科"，连着三个涨停板，去抛掉，给孙子孙女发红包啦！

他不置可否，只笑笑，倘若正在吃饭，他就伸出筷子，夹一块肉，心满意足地送进嘴里，不紧不慢地咀嚼起来；倘若在喝茶，他就端起茶杯，往嘴里吸溜进一口滚热的茶水，下咽时喉咙里必定会发出一通神秘而又骄傲的唏嘘。那情形，仿佛要告诉你：我的确有钱，想知道我多有钱吗？嘿嘿，不告诉你……

儿女们有些气他，可又拿他无奈，都说，爹爹肯定有不少钱，他怕我们眼红，不肯说。

几十年来，张明奎先生从一而终地坚持着一毛不拔的经济政策，对家人，对朋友，甚至对自己。他不肯把钱给别人花，也不肯在自己身上花钱。一条洗脸毛巾，用到破了一个大洞还不肯扔，等破了两个洞，就从洗脸毛巾降格为洗脚毛巾，破四个洞，接着从洗脚毛巾降格成擦地抹布，直到抹布千疮百孔，才拿到厕所里，塞在自来水管子的某个滴水处堵漏。儿女揶揄他：这哪像是张家的"小少爷"？

上世纪二〇年代，外公的父亲从开一爿小杂货店起家，到四〇年代，发展成一个规模不小的绸布公司，商号"信丰祥"，又在浦东老家置了不少田地。早年间的老张家，可谓家业颇丰，太外公还是那一片地块的工商联合会会长。我的外公，便是张家的"小少爷"，可是成年后的小少爷，一点儿都没有少爷的样子，他经常对子女说的一句话是：地主家也要勤俭节约，只晓得挥霍，那是积攒不起家业的。

他这么一说，忽然让我想起看过的某部纪录片，大上海的一栋洋房里，住着一个资本家的后代，六十多岁的独身男人，每天骑一辆自行车去股市兜兜，下午进咖啡馆喝一杯摩卡，晚上给自己买半斤虾仁，炒两只新鲜的小菜，喝半杯红酒……老辈子留下来的家产足以让他过上锦衣玉食的生活，他却把一管牙膏用得铝皮管压成薄片还不肯换新的。他顶着一颗铮亮的飞机头对着摄像机说：爹爹姆妈从小教的，会得挣钱，更要勤俭持家，再大的家业也会败在无度的挥霍中……老派资本家，大概真的是如我外公这样的吧？他们不是暴发户，也不是如今人们说的土豪，他们是靠着吃苦受累的小本生意，一步步从原始积累，渐渐地掌握了一定的资本。他们总是处于居安思危中，早已养成的习惯很难更改。

两年前，外公脑出血，被送进医院抢救，动手术时，护士给他换手术服，从他身上扒下棉毛衫，一把扔给等在手术室外的家人。大舅拎起外公的棉毛衫一看，竟是破破烂烂，两个夹肢窝都打了补丁，袖管的松紧口都烂成了齿状，万恶的旧社会都不如啊！难怪护士脸上的表情竟是一派怜悯，很难说她不认为躺在手术室里即将开刀的老病人是个低保户，或者，一个遭受子女虐待的可怜老人。大舅把棉毛衫卷成一团，转身扔进了垃圾桶：又不是买不起，新棉毛衫放在衣橱里，包装都不肯拆开……

张明奎先生，真的是我们家有名的铁公鸡加守财奴，年轻时就是，亲朋好友都知道。他的老伴，我的外婆，总爱在子女面前提起一件往事。八〇年代初，那时候外公才五十多岁，有一次单位加班，工作到深夜，大家都饿了，于是商量，一人掏一毛钱，买个面包宵夜。人人都掏了钱，老张竟也破天荒地掏了钱。面包买来了，大伙儿开吃，他独自坐在角落里，一边拨算盘，一边小口咬面包。同事们仿佛见识了世上最新鲜的事儿，笑着调侃他：老张也肯掏钱买面包吃，稀奇啊！太阳西边出来了……老张却并不觉得难堪，笑眯眯地继续小口咬他的面包，回家还说给老伴听，一脸的自信与自得。往后的日子，时不时地，外婆就要把这事挖出来数落外公一番：买一只面包被人家说太阳西边出来，你买不起面包吗？何苦呢？

面包事件让老张一毛不拔的生活作风成为一桩经典的历史佐证。然而，花自己的钱舍不得，儿女为他花钱，他却是从不拒绝的。给他买衣服，他一应俱全地接受，并且收藏在他的衣橱里，不穿，也不送人；买给他的吃食补品，他统统藏在他的食品柜里，以他一贯省吃俭用的速度缓慢消耗着，过期了也不舍得扔。

八〇年代后期，张明奎先生退休了，大儿子当家。老伴心疼儿子，让他付饭费给儿子，他同意，吃饭要交钱，这是原则，必须的，每个月三十元。十年以后，又是在老伴的提醒和催促下，提高到五十元，他也同意。直到新世纪初，饭费提高到一百元，他勉强同意。此后，无论谁提醒他增加饭费，他都只是保持沉默。有一次，大女儿（我的母亲）劝他：爹爹，现在物价涨得厉害，你给大弟的饭费可以增加一些了。他当即拿出算盘，"踢踢踏踏"一阵拨，结出一笔账。大女儿一看，每日两餐，早饭是泡饭，五毛线足够了吧？肉松和咸鸭蛋是她们姊妹几个孝敬的，不花大弟的钱。晚餐有饭有菜，就算四到五元。中午，不是在证交所吗？到了饭点，步行十分钟，到离证交所最近的大女儿家，有饭吃饭，有面吃面。大女儿不曾问他要过饭费，他也不会主动付钱，吃女儿的，自然是应该的。这么一算，平均下来每天也就消耗五元左右，周末总有某个女儿请他吃饭，一个月二十天，一百元也够了。

他没有给儿子涨饭费，一百元，一直交到他不再去大女儿家蹭午饭。后来，在老伴的多次逼迫下，他终于同意，饭费增到三百元。老张的三百元饭费一直交到三年前脑出血病倒，仿佛，他要以三百元伙食费的底线，证明一个人活着其实不需要花多少钱。

　　可是他有钱啊！他的儿子这么说，他的女儿也这么说。这个家里，人人知道他有钱，就是没人知道他究竟有多少钱。直到他倒下，住进医院，他所有的财产终于在七个子女的共同见证下曝光。

　　那是一个隆重而又荒诞的日子。早上八点，老张的七个子女十分难得地全部到齐，他们济济一堂，在老母亲的带领下来到老张的书房。那栋老式小楼建造于上世纪初，木结构房屋分前楼与后楼，前楼二层，最靠里一个小隔间，就是老张极少对外开放的隐秘的书房。七个子女踩着略吱作响的木地板鱼贯而入，十多平方米的屋子顿时像一口逼仄的鱼缸，突然游进来七条大鱼，空气都变得稀薄起来。

　　老张用了六十多年的那张老式账台黑乎乎地蹲在房间一角，像一口出土文物，忽然被一群外来者殷切注视。大儿子站在最前面，转头对姊妹兄弟说：那我开抽屉了？

老去的张家"小少爷"

大家纷纷点头，于是，在众人以及老母亲的见证下，大儿子拿着老张那串巨大的钥匙，拔出其中最小的一把，轻手轻脚地插入写字台抽屉上的挂锁，仿佛怕用力稍大就要把挂锁拧坏，抑或觉得这行动终究未经主人同意，便带了几许不够坦然的窃窃。其实那把挂锁很小很旧，不知道从哪一年开始被老张拿来挂在账台抽屉上维护他金库的安全。事实上，这样的挂锁，用一把吃饭的金属小勺就可以拧断，可是老张好像从未提防有人会撬开抽屉，似乎，他对私密空间的保护只是一种形式，一把羸弱不堪的挂锁足以让他拥有对财富的把控感，他因此而获得精神上的满足。

大儿子拉开抽屉的一瞬间，七个子女不约而同地产生一种错觉，仿佛他们都是那个口念"芝麻开门"的阿里巴巴，他们面对的是一座藏着金银财宝的洞窟，洞门一开，在场的每一个人眼前，将出现一片金碧辉煌、珠光宝气、美轮美奂……的景象，每一个见证者是不是都将变成大富翁、大财主？是的，此刻躺在医院里的他们的老爹爹，在这个抽屉里藏着多少宝贝，他们从来不曾知道，这真是一件太让他们神往的事了。

随着大儿子打开抽屉的动作完成，七颗脑袋"呼啦"一下凑成一朵七个花瓣的向日葵，他们洞悉的目光立即扫描到抽屉的每一个角落。可是，老张的抽屉比阿里巴巴的洞窟单薄、简陋得多，没有珠光宝气，没有金碧辉煌，有的只是一叠破旧的账本、几张银行储蓄软卡、存款单，以及证券交易卡。现金？没有，抽屉里没有现金。因为没有现金，揭开谜底的过程不得不拖延，"芝麻开门"的效果显然不再具备想象中的震撼力。但是接下去，儿子和女儿们开始查看抽屉里的"资料"，很快，一笔笔金钱以数字的形式显山露水了。

那一天，老张的七个子女在书房里搞得蓬头垢面，他们不仅翻到了老张这么多年的有价证券以及存款储蓄，他们还查看了老张的所有账本。经过轧账统计，老父亲这辈子的财务及财产状况终于在这一日下午五时许公布于众，计：股票九十余万元；存款及有价证券一百余万元；保险储蓄及理财存款一百余万元，总共三百余万元。

夜幕降临，七个子女终于坐下来，现在，他们需要讨论一下如何处置父亲的钱了。这真是劳累而又兴奋的一天，同时，又是极其暧昧的一天。因为他们不仅知道了老父亲有多少钱，他们还从老张记下来的每一笔账里，看到了一些平时一无所知或者并未关注到的细节。

比如标号"7"的账本里，记录有这么一行字：2013年5月1日，妞妞结婚，礼金两千元。

妞妞是小女儿的女儿，也就是老张最小的外孙女。妞妞结婚老爷子给两千，可是别人家的孩子结婚，老爷子给的都是一千。是，妞妞是第三代中最晚结婚的孩子，物价在涨，礼金也要涨。可是冰冰结婚，只比妞妞早七个月，也还是一千，同样是外孙女，这就有些偏心了吧？冰冰的妈，老张的四女儿就有了意见。

再比如，标号"5"的账本里有一条记录：2010年3月12日，小弟装修房子，借款两万元。

小弟是张明奎老先生的小儿子，我的小舅，账本上记的是"借"，问题是，之后的所有账本上都没有出现小弟还钱的记录。这不明摆着老爷子借机送钱给小儿子吗？前一年刚装修完房子的老三不冷不热地说了一句：早晓得，我装修房子的时候，也问爹爹借点钱！

再再比如，3号账本上那条：2009年9月1日，收取小文十二个月房租五千五百元。

老五一看这条记录就生气，亲生女儿做点小生意，问爹爹借一间二十平方米不到的门面房，居然要收租金，那间房本来就空着好不好？为这事儿，她对爹爹一直意见很大。可是别的兄弟姐妹也觉得不太爽，你老五做生意，想想看，要不是租爹爹的房子，你能这么便宜吗？不足市价的一半，那可是市口最好的街面房子，你得了便宜怎还不满足呢？

此刻，这个大家庭就像一片正在悄悄孕育着风暴的大海，平静的海面已经无法掩藏蠢蠢欲动的海底啸动。从老大到小七，谁都在算账，谁都在想，自己吃亏了，别人占了便宜，谁都觉得，爹爹的钱公开了，现在必须要出台一部民主、公平、公正的财政规划了。

然而问题是，老张躺在医院，不会说话，不会判断，更不会写字，这种情况下，子女是无权处置他的财产的，再说老母亲也还在，还没到分遗产的时候。最后还是大姐说了一句：钱存着，慢慢用，给爹爹姆妈养老。

谁都明白大姐的意思，老爷子的钱，只能为老爷子躺在医院里剩下的生命做缓慢而不知终点的余额支付，等老爷子百年后，他们才能和老母亲一起分配这笔钱。

就这么简单的事，七个子女竟商量到大半夜，最后决定，由大儿子保管爹爹的存款，小儿子替爹爹打理股票，大女儿掌管所有账目，其余四个女儿监督，三权分立，公开公正。

芝麻开门了，门内的财宝都看见了，可是只能眼睁睁看着，不能动手拿，不能装进自己口袋里，这可真是一件令人既激情难耐又灰心丧气的事。不过，老张的七个子女还是有起码的教养的，心里那点小九九，只配暗下里嘀咕，不好意思拿出来说。于是，他们又开始商量着，既然老爹存了这么一大笔钱，那就该做点什么事了，比如，买墓地。

其实，在老张还没脑出血瘫倒前，两个儿子就商量着要为老爹老妈先把墓地买下来。可是买墓地的计划准备了两年，都被老张一次次否决掉了，没有别的原因，就是墓地太贵，比房子还贵。一元钱一个面包都不舍得买来吃的老张，怎么舍得花几万元钱买那么小一块地来埋葬自己？按着老张的说法，他的爹爹和姆妈落葬，可是一分钱都不花的。儿子们只能摇头苦笑，爹爹早就忘了，老太爷和老太太过世，是在上世纪七十年代末，那时候住在郊区的人，谁花钱买墓地啊？问题是，现在都城市化了，没有自留地了，你指望墓地价格回落，那可比房价降低的可能性都小。为什么？现在是愿意生小孩子的越来越少，死的人或者将要死的人却越来越多，这就是老龄化的趋势，墓地涨价就是老龄化的一个必然反应。当然，这些话儿子女儿们没对老张说出口。

眼看着墓地一年比一年贵，老张更舍不得掏钱了，于是就这么拖着，拖到了他脑出血倒下。现在，他是做不了主了，买墓地的事，只能由两个儿子和五个女儿去决定了，再贵也得买啊！好在老张留了一大笔钱，买墓地是足够的，包括他的寿衣，都没花子女一分钱。

老张脑出血抢救的时候，很危险，差点就没命了。老四去乡下的"仙人"那里求问，仙人说，赶紧准备寿衣寿材吧，冲一冲，也许能缓过来。于是，五个女儿聚齐，找到医院旁边的一家殡葬服务公司。现在的服务行业做得真是贴心，从丧葬用品到葬礼、豆腐宴、道场班子、墓地，一条龙服务，只要你能想到的，样样做，连"冲一冲"这样的服务都有。"冲一冲"是浦东人的风俗，说是人快要死却还没死的当口，赶紧置备好丧葬用品，阎王爷一看，寿衣寿材都有了，说明这人已经来了阴曹地府，就不用追究了，如此，就算把阎王爷糊弄过去了，于是逃过一劫……殡葬服务公司的"冲一冲"服务，就是让客户买下寿衣寿材（骨灰盒），贴上时辰八字姓名牌，寄存在店里。万一人活过来了，"冲一冲"的效果就算达到了，寿衣寿材，可以长期寄存在店里，等到真的百年那天，还可以去领出使用。多好啊！服务多周到啊！家里有老病人的，最需要这样的服务，店家又等于是提前收取了一笔费用，这叫双赢。

老张躺在ICU病房里命在旦夕的当口，五个女儿就他的骨灰盒、寿衣等物品的样式、材料、质地等等进行了多方面的考察、比较、探讨，最后买下了所有"冲一冲"需要的物品，贴上老张的名字，摆在丧葬用品店里专供"冲一冲"项目的寄存处。完成这一切，老大记下费用账目，五个女儿一一过目，至此，这项"抢救"老爹爹的工作，就算是做到位了。

不想，"冲一冲"居然还真的发挥了作用，老张被抢救过来了。一个多月后，老张脱离生命危险，进入稳定期，儿子和女儿们就把他转到了离家更近的曹镇社区卫生服务中心。那以后，老张就以"躺"的姿势开始了他生命的延续。老张的寿衣寿材，依然寄存在浦东新区人民医院大门外的那家殡葬服务公司门店里。

这期间，老张的一切用度，包括医疗、护工、寿衣，都是七个子女一起见证的，花的是老张储蓄卡上的钱。储蓄卡的密码，是管财务的大姐和管证券交易的小弟共同去ATM机上试出来的。大姐说：先试试爹爹的生日，不行再说。于是，小弟按下了六个数字，"271019"，ATM机居然没有提示"密码错误"，然后，就一步步地顺利运行下去了。

"天哪！爹爹也太单纯了。"我的母亲，外公的大女儿如是说。守财如命、一板一眼的张明奎老先生，真的只是一个生活在自己的世界里的单纯的人，似乎，他只有守护之心，却无防备之意。也许，他只是把"守护财富"

当成他的一项任务，一份使命，他只是"守财如命"，而非"爱财如命"，他忠实地守护着他的财富，一如他忠实地对待他的工作。这一辈子，他的确无数次获得过单位的"先进工作者"称号，尽心、尽力、尽责，这就是他为人处世的原则吧?

好吧，这也算是张明奎先生的英明与远见，他不像那些没有存款的老人，病了，住院了，要请护工了，所有费用都要子女平摊，子女们的经济条件各有不同，于是就有了兄弟姐妹之间因为钱而发生的扯皮、争吵，乃至决裂。老张却不同，老张有钱，老张守了一辈子财，好像为的就是以备自己一旦躺倒之后的用度，他的有钱，也确使他众多的子女避免了可能因钱而产生的种种矛盾与纷争。

然而，矛盾还是从老张躺进医院开始接踵而至，所有矛盾的指向，竟还是"利益"。

老张有钱，墓地买下了，寿衣寿材也准备好了，医护费用满打满算，哪怕用到他一百岁，也绰绰有余。剩下的钱怎么分? 爹爹还活着，不适合讨论。关键是，除了钱，还有一栋房子，四百多平方米呢，这又怎么分? 两个儿子，五个女儿，谁都知道老张家素来重男轻女，可是爹爹躺倒了，遗嘱没有写，口头嘱咐也没有留。儿子们理所当然

老去的张家"小少爷"

地觉得房子应该是男丁的，女儿们却认为，家规总不如国法吧？按照法律规定，女儿和儿子具有继承父母遗产的同等权利。

外公外婆的家，位于镇中心的老街，很有可能要拆迁的。如此，女儿们纷纷要把自己的户口迁进老爹的房子，自己迁了户口还不够，还要连带着把第三代的户口也迁进来，因为一旦拆迁，有户口和没户口，得的拆迁费和房屋补偿完全不一样。儿子们自然不情愿，嫁出去的女儿泼出去的水，现在又要回来抢我的房子，爹爹要是知道，绝对不会允许这么做。女儿们却认为，做什么事都要有法可依，法律怎么说，我们听法律的。

是的，爹爹健康的时候，爹爹就是法律。现在爹爹不会发表意见了，不听从法律，又能怎么办？七个子女，真正是有些多，矛盾也演变成了错综复杂的多角关系。小妹和三妹组成一条战线，大妹和四妹意见统一，大哥和小弟之间的关系本就微妙，这么一来，矛盾似乎有些公开化了。父母一直以来和大哥吃住在一起的，虽说老张坚持每个月付给大儿子三百元饭钱，可是三百元，够买什么呢？大哥不敢对老爹有意见，心下里却从未停止与小弟的比较，小弟在市区生活，离父母远，照顾父母少，遗产却要和自己对半开，不合理，不公平！小弟却言之凿凿：

要说公平，那就所有财产七等均分，那才叫公平。大姐本想做和事佬，劝劝大弟吧，大弟气她不明事理劝偏架。劝小弟吧，小弟振振有词听来也很有道理。结果，她自己也觉得，做个好人，亏就吃大了，便也想要把自己和两个子女的户口迁进父母那栋老楼……

老张躺在社区卫生服务中心住院部23号床上，每天以浆糊为食，他不会说话，也听不见别人在说什么，不知道他那颗还未消尽淤血的脑袋会不会思考。也许，这个近乎守财奴似的活着的人，直到穿着一条破洞百出的棉毛衫被送进手术室，也不曾想过，他攒了那么些财富，究竟是为了什么吧？

我的母亲终是沦陷在了一场利益暗战中，她嘴上说无心恋战，只听从命运的安排，却又被各种信息裹挟而心生不甘；她自述是一个没有贪念的人，却常常抱怨受重男轻女封建思想的长期迫害而无处声张权利。她和她的六个兄弟姐妹，在这场家庭伦理剧中担当着属于自己的那一个角色，他们谁都认为自己是占有道理的那一个。

终于，经过无数次协商，以及外婆最后的断夺，出台了一份大家都能勉强认同的办法。房子两个儿子均分，但每个女儿可以带三个人的户口进驻，以待拆迁时获得优惠购房额度。至于外公的存款，先不动，等他百年后，算

　　　　　　　　老去的张家"小少爷"

上外婆，均分八份。

我的母亲确定要把她的户口迁到外公外婆的老楼里去了，连带着我和弟弟的户口。我没有阻止她，父亲患了阿尔茨海默病，与外公住在同一所医院，她的忧愁和焦虑持续已久，我不想母亲增添新的忧虑，好吧，我无条件支持她，尽管，我无数次想劝阻母亲，不要参与那场争夺外公的房产和遗产的战争，可我什么都没说。

那段日子，我不时地想起儿时母亲给我和弟弟分苹果的往事。是的，她有权利去争取她应得的那一份利益，可她在给我们分苹果的时候，却希望我和弟弟都去挑那个更小的苹果。她曾经对我说：我的儿女我是了解的，我不需要立什么遗嘱，你和弟弟从小相互谦让，肯定不会为了争夺父母的财产闹矛盾……她是太信任我们，还是太信任自己？我不知道。

母亲顺利地把她自己以及我和弟弟的户口迁去了她的娘家，如今，我的户口依然挂在外公那栋老楼的门牌号里，每次需要用户口本，我总要去问大舅借，这让我感到不胜其烦。是的，我是一个成年人，可我却跟着我的母亲，把户口迁进了外公的房子，我以户口的形式参与了舅舅姨妈们的房产之争，我被动地成为这出家庭伦理剧中的一个角色，这让我对我的母亲生出无以言说的气恼。

我不缺房子住，我也不缺钱花，没有人相信，其实我根本不属于那一笔拆迁补偿款，我也压根看不上那一份人均四十平方米的廉价购房额度，我高傲的头颅昂得再高，也没有人相信。

可是，你为什么要让人相信你？你想得到什么？得到夸赞？得到敬佩？得到超脱于凡人欲求的精神上的自我满足？因为你是有道德的人？你是高尚的人？好吧，就算你是有道德的、高尚的人，那么，他们就有错吗？他们就应该被你鄙视吗？我那正上大学的儿子问我。

我无言以对，忽然有种被看透灵魂的挫败感。95后的儿子却带着一脸坏笑，冲我挥挥手：再见！

年轻人，他去上学了，大学校园就在五公里远的邯郸路上。他没有选择焦虑症，大苹果和小苹果都是他的，他不需要选择。

八、并不彻底的遗忘

周末又到了，照例去曹镇社区卫生服务中心，父亲住在这里已经一年多。刚入院时，他还会挥拳反击限制他自由的人，不过很快他就沉寂下来，渐渐地，以我们肉眼可见的速度失去"能动"。他还是会呼喊，但是发出的音节越发模糊不清，原本属于他的唯一的语言，那三个字——"哎哟噻"，他的劳动号子，他欢乐的歌唱，他愤怒的控诉，以及他抒情的朗诵，不知道从哪一天起，不再出现在他发出的音节中。他的脑中驻扎着一块强悍的黑板擦，黑板已经净如玻璃，仅剩的一缕灰尘，他也要以最勤勉的频率和最大的力气去擦拭掉。

小彭说：老薛喊得少了，比刚进医院时乖多了。

是的，他变"乖"了，在"临终医院"，最乖的就是停止了心跳的人。从奔跑到停止，需要一个减速的过程，他在减速，这才是生命正在步入的"正轨"，从遗忘，到彻底遗忘，从失能，到彻底失能，直到停止心跳。当他不再保留任何记忆与行为能力时，当他不再懂得最基础的感知与最本能的反馈时，他就会停止对所有人的干扰。他终将成为最乖的那一个，在不会太久的未来，我知道。

汽车开进卫生院，停在午后一点半的光阴里，仲春的色调明媚而又温婉，这让一向有着尖锐以及沉重质感的"临终医院"变得稍稍轻盈。卫生院大院里少有人迹，住院部大楼前的那棵紫荆树，枝叶已近婆娑，阳光透过宽缘的树叶漏到草地上，草地静悄悄地斑驳着，一切都是那么寂静安详。

进住院部走廊，感觉到带着些许潮湿暖意的穿堂风，护工们趁午后空隙，有的铺开行军床，正与自己病房的老病人们一起打瞌睡，也有的，靠在墙角里看手机或者iPad里保存的电视剧，音量很轻，却能依稀听见还珠格格撒泼卖萌的娇嗔，以及尔康深情的咆哮。这个时段，不便于打扰任何人，我尽力放轻脚步往里走，一抬眼，却还是看见了她。

从她住进临终医院的第一天起，每天午饭后，她就被护工安排坐在走廊里，第二间病房门口，墙根边，整整三个月了。每个周末去看父亲，我大多是饭后出发，一点半左右到达。进住院部，一定会遇见她——26号床，汪老太。

她永远坐在同一个位置，以她壮大的身形迎候着所有进入住院部的医生、护士、家属，以及保洁工。谁都知道，她不爱午睡，若把她困在病床上，她会不停喊叫，直至哭闹起来，护工拿她没办法，只好挪她坐在轮椅里，再把轮椅推到走廊里安顿好，如此，她便能安静许久。

她有一头花白的头发，因为没有牙，嘴总是瘪着，面庞因坍塌而显得扁且短。她宽壮的身躯以及巨大的胯部把轮椅卡得扑扑满，为了防止她摔出轮椅，护工用一条床单拦腰把她的身躯与身下的轮椅捆为一体。她像一口结实的座钟一样钉在走廊里，不哭、不闹，直到看见我。

我成了她用视线追踪的目标，从我进门，渐渐走近她，直至走到她跟前。她的目光始终跟随着我，在我与她错身而过的当口，突然，她大喊一声：阿姨，拨我五角洋钿！

我停住脚步看她，她亦是看着我，眉心皱成一团，满脸愁苦。我问她：你在喊我吗？

她仰着脑袋，直勾勾的眼神，似要确认眼前的女人是不是可以叫作"阿姨"。她显然不敢确定，表情犹疑不决。在停顿的几秒钟里，她做了好几次深呼吸，仿佛在积攒能量和勇气，终于，她再次张开嘴，大喊一声：爷叔，拨我五角洋钿！

她换了称呼，也许依然无法准确判断眼前的人该叫"阿姨"还是"爷叔"，她看我的目光更增了几分幽怨，"五角洋钿"却没有变。

我蹲下，凑近她，轻声问：你吃过饭了吗？水果有没有吃？

她无须再仰着脑袋看我，现在，她可以平视蹲在她面前的我。可她还是被我的问题难住了，午饭与水果的考题让她无能为力，她只能继续直勾勾地看着我，脸上的愁苦与幽怨稍稍减弱，更多的是狐疑。她暂时忘了向我讨"五角洋钿"。

三个月前，第一次，她冲我喊"拨我五角洋钿"时，我立即打开随身包找零钱，却被她的护工小兰喝住：别给她，外女儿，她见谁都要讨钱，她儿子关照过，不要给她，丢死人了，家里又不缺钱……

每每多注视一眼她陷在轮椅里的宽壮的身躯，我都会不由自主地想象，也许，她年轻的时候是一个身手矫健的人，她还有着巨大的嗓门，更重要的是，她擅长翻跟斗，她会沿着大街叫卖：一斤粮票三个跟斗……

那个会翻跟斗的"壮妇"，不是眼前的她，可我似乎早就认识她，在我的童年小镇，直到今天，我依然清晰地记得她的样子。她是一个粗壮而又肮脏的女人，她泼辣、懒惰、狡黠，却愚蠢，虽然她是一位女性，但她以"懒汉"的样子在我脑中长久停留。作为一个"名人"，她在我们镇上家喻户晓，好像没人不认识她，人们把她叫作"一斤粮票三个跟斗"，冗长而又滑稽的绰号，具备一定的悬念与戏剧性。她的绰号使人们遗忘了她的名字，小时候，只要听见"一斤粮票三个跟斗"的喊声，不管是孩子还是成年人，都会一窝蜂地涌去观瞻。

上世纪八十年代初，我还是一个小学生，而她，大约有四十多岁，或者五十多岁？那个年代的人，看上去总是要比实际年龄老，那么，也许她才三十多岁？我在小镇的大街上见过她无数回，她通常穿着近乎褴褛的衣衫，分不清是白色还是黄色；她还顶着一头常年不洗的黏结的脏发，她的皮肤很黑，却并不是纯粹的黑，而是，斑驳，她让我疑惑于她的肚子里是不是养着两条肥硕的虫子,也许她需要去防疫站领两颗宝塔糖吃下去,两个小时后,她应该去上一趟厕所,也许会拉出两条一尺长的蛔虫,从此以后,她的脸色就会纯粹一些。当然,她斑驳的脸色完全有可能是因为没洗脸,积累多日的污垢令她的圆胖脸呈现出丰富而有层次的表情,要不然,生了蛔虫的人,又怎么能那么胖?不过也有可能,她的胖不是真正的胖,而是浮肿?童年时候的我,并无对此有过追踪与解答,她肥胖的原因终未可知。然而,她留给我更深的印象,是她看起来从不悲伤的样子,她走在街上,昂着头颅,甩着粗壮的胳膊,迈着沉重而又并不笨重的步伐,她甚至有些器宇轩昂,一路走,一路翻着白眼喊叫:一斤粮票三个跟斗 —— 她呼喊着,近乎傲慢的形貌和趾高气扬的姿态让人觉得她十分自豪。也许,她只是在维护自己内心的最后一丝尊严,她用翻白眼和甩手甩脚的方式强化某种豪迈的底色,这能让她鼓起勇气把她的营生继续下去,这是我的猜想。

然而,她的"生意"并不总是容易做,在物质还未富足有余的年代,施舍于乞讨者不是大多数人有实力做的事,而她,并非完全意义上的乞讨者。她想通过某种劳动换取钞票和粮票,可她的劳动方式和劳动成果却被素来勤俭节约的小镇人所鄙夷,很少有人愿意拿一斤粮票去交换她的"跟斗"。翻三个跟斗，谁不会呢？在家里的床上、在体育课上、在稻草垛上、在成熟的麦浪里，翻跟斗是一件太过容易的事。可是，谁又见过一个成年女人愿意在大街上翻跟斗给人观瞻？除非耍把戏的。她没有"翻跟斗"以外的别的技能，这一技能却不是她独有的，于是，她动用了另一项属于她的最可靠的技能，那就是——"超厚的脸皮"。

小时候的我，从不曾思考过，当一个农民通过在大街上翻跟斗就能获取生存资源时，她是否还会安心于田间的挥汗劳作？

现在，她要用尊严换取粮食了，她的勇气也许来自懒惰，更也许，来自她在无能为力之后的破釜沉舟。于是，便会出现那么一两个小伙子，没有拖家带口的压力，又爱凑热闹，精力充沛到近乎唯恐天下不乱。他们从口袋里掏出一斤粮票，或者五角钱，他们把那张票证或纸币夹在食指与中指之间，他们让票子在空气中扇来扇去：来，翻吧，翻完给你。

她二话不说，瞬间团起身躯，以极快的速度滚向地面，围观的人还未来得及聚拢起来，她就开始在街路上表演，一个跟斗、两个跟斗、三个跟斗，好，翻完了，一跃，蹦起来，冲到那人面前，一把抢过他手里的票子，一路小跑，进杂货店，买一个桃酥饼，或者半斤油枣，一路咀嚼、吞咽，一路继续喊叫：一斤粮票三个跟斗……简直行云流水。

很多时候，只要听见"一斤粮票三个跟斗"的呼喊声，我立即拔腿，夺门而出，冲到街边，挤进人群，看一个肥胖的身躯卷成肉团，在大街上翻滚、翻滚，再翻滚……只要母亲不在家，就没有人阻止我去看热闹。有一次，放学时分，隐约听见远处传来豪放粗狂的喊叫声：一斤粮票三个跟斗……我拔腿向发出声响的方向奔跑，黄梅雨季的马路上覆盖着一层厚厚的泥水，我却顾不上，我拖泥带水地奔向围观的人群。然而，等我挤进去时，我已经错过最精彩的一幕，我没有看见她厚壮的身躯卷曲起来连续翻滚的样子，我看见的是她的背影。她站在杂货店门口，手里举着一只焦黄的酥饼，她的头发、肩膀，以及后背上，黄黑的泥水正淋漓而下。三个跟斗已经完成，她手里的酥饼表示今天她已成功营业，相比之下，浑身的泥水显得微不足道，甚至，那只能更好地证明她的"诚信"，她说到做到，哪怕下雨，跟斗也一个不少，她是个讲信义的人。

如今回忆起来，我依然忍不住感慨于她貌似笨拙其实灵活的身手，她可真是个敏捷的胖子，敏捷到可以用

"迅雷不及掩耳"来描述。她以最高的效率获得她想要的东西，没人质疑过她，以她的身手以及体力，是不是可以用更体面的方式换取生活资料？

那个年代，我们小镇的大街上只有几爿国营商店，最实用的杂货店，最洋气的百货店，最豪华的五金电器店，最令人爱恨交加的药店，还有一爿最受农民欢迎的生产资料店。小镇很小，只需十分钟就能逛完整条大街，站在运河桥头，一抬头就能看见远处绿色和黄色的农田。那还是计划经济的尾声时代，自由市场还不被允许存在，小镇街头没有摆摊的私人，也未曾见过农民拿自家养的鸡鸭和自留地里的菜蔬来换钱。

我依然记得那样一幕，夏天的晌午时分，十七八岁的农家姑娘提着竹篮在镇上居民的住宅间穿梭，她们躲躲闪闪的身影总会被我的父亲和母亲捕捉到。我父亲眼睛一亮，与母亲对视的一刹那，母亲心领神会地把手伸向了自己的衣袋，接着，两人心照不宣地行动起来。母亲掏出口袋里的皮夹子，父亲拿起一个搪瓷盆，他们让自己的身躯探出家门，向某个方向招招手。被召唤的人一定会接收到他们的信号，随后，他们跨出了家门。等他们返身进屋时，父亲的搪瓷盆里多了一堆剥皮开膛的蛤蟆，它们堆叠在一起，肥白的肉质使它们脱离了原本布满疥疮

　　　　　　　　并不彻底的遗忘

一般满身疙瘩的可怕形象。它们的出现，预示着今天我们家的午餐将会有一道荤菜。

那些农村姑娘，并不是合法的卖家。她们半夜出门，走遍农田水沟，打着手电捕捉一种学名叫"蟾蜍"的动物。她们用一把圆形金属刮子在蟾蜍的皮肤上刮出白色的浆液，浆液的学名叫"蟾酥"，是蟾蜍皮肤腺体的分泌物，据说是一种名贵的中药，镇上的药店以不菲的价格收购。她们去药店光明正大地卖掉蟾酥，剩下的蟾蜍躯体，剥皮开膛，打理干净，装在篮子里，用一块湿毛巾盖着，走街串巷，偷偷售卖。

后来，街头摆摊的场景渐渐进入我们的视线，蟾蜍却成了保护动物，再没有人捕捉。多年以后，我去到杭州湾畔的金山学习工作，在金山和青浦地区，有一道用牛蛙替代蟾蜍制作的名菜——熏拉丝。每每品尝到这道菜，我的脑中就会浮现出很多年前，那些躲躲藏藏的年轻姑娘的身影。她们冒着被抓为"投机倒把分子"的危险，从事着"违法"的经营。与此同时，我也会想起"一斤粮票三个跟斗"，相比之下，她是光明正大的"乞讨"。只不过，念初中之后，我好像再没在大街上见过她，也许是在政策的允许下搞起了某种副业，再无须靠翻跟斗赚粮票来挨过饥饿？

长大后，偶尔想起，问母亲，记不记得那个"一斤粮票三个跟斗"，她是不是脑子有问题？母亲说：记得啊！那个女人，大洪村的，脑子才没问题呢，她是"门槛"太精。每次到镇上来，都会进我们店里讨废纸箱，营业员小毛说，你翻三个跟斗就给你，她不肯翻，说纸箱是公家的，又不是你家的，你叫我翻跟斗，那你再给我五角钱……

上海人说的"门槛精"，就是精明的意思，然而，再是精明，她也只不过是有足够强大的内心接受自己成为一个乞讨者。在我还是一个少年或青年的时候，我总认为，每个人天然都有"尊严"的意识，却从未想过，当生存遭到怎样的威胁时，人类才会放下尊严？

此刻，坐在病房门口的汪老太，我看着她，却不知道她究竟经历过什么样的绝境。她向每一个经过她面前的人乞讨，仅仅五角钱。这仅剩的记忆何其强大？她什么都不记得了，却牢牢地记得要问路人讨五角钱？有没有可能，在她年轻的时候，曾经有过那么一次，她被五角钱逼到了绝境？会不会是少年时代，她要上学，开学了，要交学费，家里东拼西凑，还是缺五角钱？或者，长大后嫁了人，有了孩子，有一天，断了粮，她口袋里却一分钱都拿不出，于是到处找人乞讨。"阿姨，拨我五角洋

　　　　　　　　并不彻底的遗忘

钿"，那是她必须说出口的话，因为家里有嗷嗷待哺的孩子，她甚至不敢说"借我五角洋钿"，因为她知道，她还不起。那应该是更早的上世纪五六十年代吧？那时候，交不起学费的孩子比比皆是，歉收的年成里，断粮不是偶然现象。那个年代，五角钱可以买五斤籼米或四斤大米，五角钱还可以买十六只大饼，五角钱可以为一个孩子置办一周的口粮……那段往事一定刻骨，她忘了一切，却无论如何忘不掉向路人讨五角钱的"责任"。我想象着，倘若我曾遭遇过那样的绝境，等我老了，在我忘掉一切的时候，我还会记得留在那个烙印上的疼痛吗？

也或许，她只是另一个"一斤粮票三个跟斗"，一个"门槛"很精的、曾经的悍妇，在那个年代，舍得放下自己的脸面去争夺一份生存资源。然而，她如同乞丐一般的行为却令她的孩子感到羞耻，是的，她丧失了感知尊严的细胞，她永不疲劳地向经过她面前的所有人乞讨。我看见了她脸上的痛苦表情，可我不知道那是她的肌肉记忆，还是她内心的疼痛从未消失。每每看见她坐在病房门口的壮大身影，以及她瘪塌宽短的面庞，我总是想：还是忘了过去吧，忘了一切，不要再记得那些往事，也许，彻底的遗忘，才是终极的解脱。

她并没有彻底遗忘，她仅剩的记忆令她从不错过任何一次问路人讨五角洋钿的机会，她皱着眉头，一脸愁苦、幽怨，以及无助，人们因此而想象她凄惨的身世，我的内心便也为她生出些许无法抵挡的辛酸，在经过她面前时，我总忍不住要稍作停留，与她反复提及同一件事，试图以此掩盖她记忆里的疼痛：

你吃过饭了吗？

今天吃水果了吗？

是苹果吗？还是香蕉？

猕猴桃甜不甜？

她从不回答我"是"或"不是"，她照旧用她脑中残留的记忆答复我——"阿姨，拨我五角洋钿"，与此同时，她下垂的扁脸因为发愁和苦恼，皱成了一个毛线团子。

难道她要怀揣着"乞讨者"的自我认识走进天堂？遗忘，准确地说，并不彻底的遗忘，也许会让她此生再也无法获得最终的释怀了吧？

　　　　　　　　　　　并不彻底的遗忘

九、母亲所"钟爱"的

父亲已经在医院里住了将近两年，他躺在7号床上，每天在护工小彭的看护和照顾下，进行着最基本的新陈代谢。这期间，他送走了同病房的三位病友，他们"升天"了，而他对此一无所知。

我的母亲每天都要去一趟医院，坐公交车，近一小时的车程，晌午出发，中午前到达。她先要伺弄他吃饭，而后为他做一次全身清洁，如果需要，她还会给他修剪指甲，双手，双脚，以及用一把理发推子把他脑袋上冒出来的发茬刮干净。

给他擦身的时候，她先去开水房接一盆滚滚的热水回来，毛巾在热水里烫过，拧干，而后掀开他的被子，从脑袋，到脚趾头，狠狠地擦拭一遍。她竭尽全力，像在擦一块油腻而又结实的老桌板。她咬紧牙关，紧闭的嘴里发出因用力而沉闷的喘息声，潮湿温热的毛巾在他的躯体上来回摩擦，每搓一下，仿佛就能刮下一层沉淀在他那张七十多年的皮囊上的时光。有时候，她又做得极其精细，像在擦一具坏掉的古董座钟，每一条缝隙都不舍得错过，脚趾缝，夹肢窝，耳郭后，腹股沟……是的，这个处女座老妇，她把他当成私有财产一般去维护，似乎，她并不指望他这口老钟还能走时准点，她只要看到他的钟摆还没有停止，哪怕不准，也不影响她对他的"钟爱"。就这样，他在她的精心维护下，虽是摇摇欲坠，却还坚持不倒。

她每天都要给他带去一份特制的美食，虾仁豆腐，剔掉刺的红烧鱼，从蒸熟的大闸蟹里拆出的蟹肉和蟹黄……她喂给他吃的时候，总是在他耳边一遍遍重复：

老薛，我把鱼肚皮都给你吃了，鱼头鱼尾巴我来吃，骨头我一根根给你挑出来了，鲜不鲜？

老薛，今天给你带了西瓜，南汇8424，时鲜货哦，要十五块一斤,我把当中心的瓤挖出来给你吃,籽我也给你剔干净了,甜不甜?我么,回去啃啃西瓜皮算了。

老薛,大闸蟹是"囡嗯"(女儿)带来的,我把蟹黄蟹肉全部拆出来了,给你烧了豆腐羹,蟹脚留着我晚上剥剥。

……

有时候,投喂父亲的工作由我在做,她也会把脑袋凑过来,毫不避讳地在他耳边,亦是在我耳边絮叨。我不喜欢听她说诸如此类的话,这不仅显得她好大喜功,更是常常令我感到自责与不适,在她的衬托之下,我感觉自己成了一个自私鬼。虽然我很清楚,她只是想表达对他极致的爱护和照顾,可是每到这种时候,我却总想对她说:我们的经济条件足够你们两人全都吃最好的,你为什么一定要让自己吃边角料?你为了父亲,而让自己的生活显得那么糟糕,这算不算我这个女儿对母亲不够孝顺?为什么我的母亲不能吃鱼肚皮,而要吃鱼头鱼尾巴?为什么我的母亲不能吃红红的西瓜瓤,而要啃西瓜皮?为什么我的母亲不能吃蟹黄蟹肉而要剥蟹脚……她以彰显自己美德的方式对我进行着隐蔽的道德绑架,虽然她并非故意,但效果便是如此。我忽然想到,倘若我的父亲意识清醒,他听到她说这样的话,会不会与我一样,心中生出些许不适？他还能心安理得而又津津有味地吃下那些鱼肚皮、西瓜瓤、蟹肉蟹黄吗？

事实上，这些想法只是埋藏在我心底的岩浆，它们从不曾从火山口迸发而出。每次，几乎是每次，我听见母亲这么说，那些岩浆就会自行发热，并且涌动起来，可是总在沸腾而起的当口，另一个念头忽然冒出，这念头也会令我心头一惊：她做的这一切，难道不应该是我做的吗？可是，我又如何能替代她？

于是，我扪心自问：你要什么？你要让七十多岁的母亲默默奉献而不事声张？

这么一想，我便会让自己做一次深呼吸，脸上堆起一些勉为其难的微笑，对母亲说：姆妈，以后你也吃鱼肚皮，你也吃西瓜中心的瓤，你也吃蟹肉蟹黄……我知道她一定会说：那鱼头鱼尾巴谁吃？我也知道，倘若我告诉她"谁也别吃，扔掉"，那她一定做不到。于是我拍着胸脯说：我来吃。

这是我的想象，我从来没有说过"我来吃"，在今天的经济和物质条件之下，这么说，我自觉虚伪。可是我不想看到母亲为了父亲而压抑自己、苦苦自己，让自己过得看起来那么不堪，这不是我的本意，也不是她的本意。可我还是介意她放在嘴上说，她说出来，我听见了，我该如何表示？又该如何回应？是不断地赞美她对爱人、亲人的无私付出？还是表一表我的决心，说一句"这一切从此以后由我来做"，以示我作为孝顺孩子的人设？

直到有一天，去医院看望父亲，遇到丁小丁医生，她对我说：你妈对你爸，可真是尽心尽力啊！

我把这句话转述给我的母亲，她听了，咧嘴笑起来，嘴角边流露出显而易见的骄傲。紧接着，她开始重复那几句说过很多遍的话：病房里四个人，你爸爸福气最好，什么好的我都留给他吃，我自己么，吃吃边角料就可以了；我每天都要去医院，给他身上搞得煞煞清，我看过了，四个人，你爸爸最干净……那个6号床，护工给他绑住手脚，手都绑肿了，他老伴身体不好，来不了，他儿子一个礼拜才去一次，平时没人给他松开看护带；8号床的三个儿子，不到结账的日脚是不会去医院的；还有原来那个9号床，看见我给你爸爸削水果，每次都要问我讨，他就是馋死的……

我坦然而又真诚地接下话题：是的，姆妈，还好有你，天天去医院照顾爸爸，否则他都不晓得要可怜成什么样子了。

我这么一说，她同情与哀伤的眼神里就会掺入一丝自得。做了一辈子财务工作的劳动者，曾经参加过无数次专业竞赛的业务骨干，年过七旬了，依然沉浸在自我设定的"竞赛"氛围中。没有人与她比，她却与身边的所有人比，并且赢得了无数次胜利。我的父亲，他虽是无法用语言赞美她杰出的贡献与非凡的成绩，但他以稳定的病情、不错的胃口，以及无褥疮、无异味的个人健康与卫生状况，证明了她是这间病房里的最佳家属。

最佳家属每天像上班一样在固定的时间去医院，就像一个守信的妈妈，一定会在放学的刻点出现在幼儿园门口，一定会把最优质的食物留给她的孩子，一定要让自己的孩子成为整个幼儿园里最干净、最健康、最聪明、最壮实的孩子……

她最干净、最健康、最聪明、最壮实的巨婴躺在床上，嘴里发出"咿咿呀呀"的叫唤，没人能听懂他在说什么，她却总有合适的语言答复他，"嗯，好吃对伐？""身上痒了？""饿了是不是？""来，搓搓背，加了六神花露水，清凉的，适宜伐？"……

小彭指着正给父亲擦背的母亲说：瞧你妈，太狠了，和你爸有仇似的。

我的母亲正一手把住侧躺着的父亲的肩膀，一手捏着毛巾。她在他背上使劲擦拭，用力极猛，她每擦一下，他的身躯就要猛地侧倾一下，仿佛随时都要扑倒。当然，她不会让他扑倒，她把他抓得牢牢的，他像一个侧躺在卧铺上的颠簸的旅人，前行的列车使他有节奏地摇晃，她是那个让他永不倒下的人。那时刻，他的表情也令人迷惑，眼睛眯缝着，嘴角咧开，喉咙口发出"嗯嗯嘘嘘"的呻吟，似是疼痛，又似享受。眼看着背部的皮肤已然发红，母亲才停手，像翻滚一个超大的烤红薯一样，使他侧睡的姿势变成仰天平躺。

她擦完他的全身，还要在他的胳膊和腿上涂抹一层止痒润肤露，她认定最适用于他的是"百雀羚"黄瓶200克装的那一种，因为她自己试过，一样样用下来，凡士林、隆力奇、郁美净、曼秀雷敦，直至百雀羚。她从未想过，最适合她的，未必最适合他，可她还是通过自己的实践挑选了她所认为的最好的一种。那当然的确是最好的，没有人能反驳她，他是一定不会反驳的，他躺在床上，他惬意的"呻吟"，以及带着些许痛苦的享受表情说明了一切。"百雀羚最好了"——他不需要说出这句话，但她可以这么理解。他失去语言功能多久了？两年，她用两年时间，学会了独立判断。她几乎忘了，在他还是一个健康人时，万事她都要去问他一个究竟，大到家用电器、头痛脑热，小到一日三餐、鸡毛蒜皮。

老薛，我们要不要换个电视机？

　　　　　　　　　　母亲所"钟爱"的

老薛，你说国产的好，还是进口的好？

弟弟有点发烧，是吃安乃近还是克感敏？

西瓜要买大一点的还是小一点的？

苦瓜炒肉片要不要加点糖？

……

她未必不知道答案，但她还是不肯浪费他近似于万宝全书的功能，这世上，仿佛没有一件他不能解答的生活常识问题。她扮演着一个天真而缺乏社会经验的小女孩，随时需要翻开他这本"辞典"去寻求标准答案，几十年如一日。后来，这本辞典里的字迹以飞快的速度消隐，直至消失殆尽。在他逐渐失智与失能的三年中，她终于成长为一个通晓一切并拥有独断能力的人。现在，她和他互换了角色，他已然变成了她的孩子，她替他决定一切，决定他吃什么、穿什么、用什么，决定他涂什么牌子的润肤露，包什么尺寸的尿不湿，决定他的欢乐和痛苦，喜悦与悲伤。她说：你看看，你爸爸吃得开心得不得了，我给他烧的虾仁豆腐羹，不要太鲜哦！虾是活的，我一只只剥出来的……他则是面无表情地躺在床上，看向天花板的目光迷茫混沌，努动的腮帮子表示他正在咀嚼她喂给他的食物，并无吃得"开心得不得了"的反馈，至少，我没有看出来。可她认为他吃得开心，那他一定是开心的，因为她和他在一起吃了一辈子饭，当然知道他的口味啊！

她说：你看看，我给你爸爸抓背，他适宜得一塌糊涂。我看向父亲，他正侧躺着，裸露的背部对着她。她用力还是那么大，留着指甲的五根手指在他背上抠出如同刨木头般的声音。他呢，咧着不受控制的嘴，露出几粒发黄的断牙，鼻梁皱起，表情近乎狰狞。我不知道那是他感觉"适宜得一塌糊涂"，还是因为被刨得发痛。可是，她觉得他适宜，那他一定是感觉到了适宜的。她给他抓了一辈子痒了，她当然知道给他抓痒需要多大的力气！

一年三百六十五天，她每天去医院报到，从无缺席，她已经很久没有出门旅游过了。快过年了，我和先生决定带母亲出去玩几天，找个度假村，给她放个年假。可是建议一经提出，就遭到了她的反对，原因，自然是不放心医院里的父亲。

医院里有医生、护士，还有护工，有什么不放心的呢？别的病人也不是天天有家属去探望的，我说。她撇嘴，一脸不可言说的表情，似是不屑，或者鄙夷，却也不是，倒像是因着信仰而愿意牺牲自己的傲人的受难者。我依然动员她，上班族也要放假的，你不是去享受，你只是养精蓄锐，为了更好地投入工作。可她立即举出种种

　　　　　　　　　母亲所"钟爱"的

她不能去度假的理由：譬如吃午饭，他正瞌睡，不肯张嘴，家属不在跟前，护工就偷懒，勉强喂两口就不再喂，到他想吃的时候，又不会说，只好一直饿着；有时候他拉了屎，护工拖着不给他擦洗，被窝和大腿长时间被粪便熏染，会导致褥疮发作；为了省事，护工把所有饭菜打成浆糊，她每天去，至少可以让他吃上一顿像样的饭；还有，医院食堂里的饭菜，实在让人一言难尽，必须给他补充一点有营养的食物……她像食品监督员一样记下医院食堂每天的伙食情况，最后得出结论，周四和周日是不能不给他加菜的，因为这两天食堂做菜汤面，那能有什么营养？一跺脚就饿！还有，周五和周六最好也要带菜，她早就摸出了规律，食堂厨师一到周末就不愿意做新鲜菜，除了剩菜，就是用超市里买的肉丸子糊弄人，什么海霸王贡丸，桂冠鸡肉丸，思念肉汤圆，没法和我自己做的狮子头比……她数落着医院里伙食的潦草，护工的偷懒，以及永远不能令她满意的他的个人卫生问题。护工是从不会给他擦干净、擦舒服的……她这么说的时候，确信自己才是他最好的护理人员。

她说得没错，我从不怀疑她的重要性。可我依然努力说服她，向她承诺，我们只出去休假三天，三天即回。我甚至想出"贿赂"护工的点子，过年前最后一次探望父亲，我悄悄地给护工塞了三百元红包，我如实告诉她，过年期间我们将缺席三天，请她尽心照顾我的父亲。

这个春节，小彭要回老家过年，她护理的病人分摊给了小张和小丁，7号床老薛临时分配给了小丁。小丁五十多岁，她的同伴都叫她"大胖"，因为她是五名护工中最高最壮的一个。她还最爱美，隔段时间就去捯饬一回她那头稀薄的短发。最近她刚烫染了一款酒红色小卷发，贴着头皮，仿佛顶着一脑袋葡萄，配上她那张黝黑的圆脸，近乎有些非洲姐妹的样貌。我把她拉出病房，从包里摸出一个红包朝她递去。她黑圆的脸上顿时绽放出大片茁壮的笑容，嘴里嚷嚷着"不要不要"，身体却诚实地僵硬着，任由我把红包塞进她豆绿色制服的口袋里。

我们还带去了母亲做的狮子头、墨鱼大烤、蛋饺，以及父亲最爱吃的浦东糯米糕。我关照小丁，这些熟菜点心，麻烦你每顿饭热一些给老薛吃，尽量不要打成浆糊，大冬天的，把保鲜盒放在操作室的窗台外头，相当于冷藏，不会坏。小丁满口答应：没问题的，放心吧外女儿，放在窗台外头会被野猫偷吃，还会招老鼠，我给你放我们冰箱。

医院给护工们配备了一个公用冰箱和一台微波炉，放在操作室里，家属可以用微波炉给病人热饭菜，但不可以占用冰箱。那个容量并不十分巨大的海尔冰箱里，通常塞满了护工们的剩饭剩菜、包子馒头。我说那不好意思的，你们的冰箱本来就挤。她极少有地压低嗓子：没事没事，我就说是我自己的……她敢于违反护工们约定俗成的规则给我们行方便，终是因为红包的作用吧，我想。

无论如何，小丁的表态令我安心了几许。可是母亲却依然心存疑虑：没人看着，她顿顿给他打成浆糊我们也不晓得，老头子又不会告状；她自己病房还有四个病人，再加分摊给她的小彭的病人，哪还顾得上我们？我那个狮子头，里面加了马蹄的，还有墨鱼大烤，一定要细嚼慢咽，浦东糯米糕，一顿只能吃两片，她要是一次给他吃太多也不行的……

她有一千个不能外出度假的理由，可还是在我们的"逼迫"下，带着勉强而又骄傲的情绪出了门。那三天，她倒是如同忘记了她的老伴还躺在医院里，跟着我们游玩吃喝，只字不提父亲。直至第三天早上，她忽然说：现在往上海开，啥辰光到家？

我的先生查了一下导航，说下午两点左右。她立即提出了她的方案：那你们把我直接开到曹镇吧。

不是说好明天再去医院吗？我问。她没说话，却是一副决心已定的表情。我明白了，她要去看他，有些迫不及待，三天不见，他还好吗？吃上过一顿囫囵饭吗？身上有没有擦洗干净？有没有粪便的臭气？我们和小丁说定的，明天才能去医院，她今天就要去，或者只是想来个突击检查？

从绍兴开车回到浦东，到达曹镇社区卫生服务中心，已是下午四点多。过年期间，住院部静悄悄的，走廊里没有人，能听见病房里传出几声病人的呻吟、呢喃、呼喊，以及护工的话声。那些嘈杂而又莫辨的声音中，似乎夹杂着父亲歌唱般的"长调"，粗粝而又轻盈。我们没有惊动任何人，径直走进父亲的病房，然后，我看见，他枕头上的脑袋正歪向门口，瞪得大大的眼睛看着我们，像一个正盼着家长来接的托儿所的孩子，目光几乎与我们对接。只不过，他的表情并没有因为我们的到来而忽然欣喜，他保持着同样的姿势和表情，张着嘴，发出一声粗粝而又高亢的呼喊，没有内容，却巨响……母亲霎时眼圈发红，一个箭步冲到他的床前。

他的双手和双脚一律被看护带缚着，他张着干裂的嘴唇，仿佛缺水已久的人，他剃光的脑袋上顶出花白的发茬，他的鼻翼处缀着白色的皮屑，眼睑上还挂着一两颗眼屎，下眼睑处还有一道抓破的血痕……母亲红着眼睛给他松绑、洗脸、擦身、涂抹百雀羚止痒润肤露、全

　　　　　　　　　　　　母亲所"钟爱"的

身按摩、喂水果，直到完成全部程序，她才停下手，长长地吁了一口气，而后，冲仰躺着的父亲说了一句：你受苦了，老薛。

大约二十分钟后，小丁终于得到我们提前回来的消息，风一般旋进病房，扯着她的大嗓门喊道：咋今天就回来咧？路上没堵车吧，老薛挺好，午饭吃得挺多，今天还没拉屎……

她的语速和音量一如以往，没有一丝紧张和不安，她黑油油的圆脸上的表情亦是坦然而自然。我开始反观，我看向我的父亲，那个躺在床上的老头。他似乎也在看我，却在我凑近他时，目光没有一丝动弹。其实我知道，他没有看我，但我还是不肯放弃这种错觉，我对着他说：爸爸，新年好啊！

他没有回答我，他直视前方，眼睛里仿佛有一块玻璃一样干净的、一无所有的黑板，他看着那块一尘不染的黑板，沉默着。

当我写下这一切的时候，终是觉得还需要说明一些什么，关于他有没有受虐待的事实。他的双手和双脚，从住进医院那一天起，就是用看护带缚住的，是为防止他蹬掉被子，扯自己的尿袋和纸尿裤。他住进医院后，我已经为他购买过三次卧床病人专用看护带。从他脸上的那道抓痕来看，三天中，小丁是给他松过绑的，但他很快把自己的脸抓破了，现实不允许他的双手有太多自由。他的嘴唇确是有些干裂，大冬天，他睡在二十四小时开着空调的病房里，任何正常人也都会嘴唇干裂，这并不能说明小丁没有给他喝水，看看他挂在身上的沉甸甸的尿袋就能了解，色泽清亮而不浑浊，应该没有少喝水。他脑袋上花白的发茬，鼻翼处的皮屑，眼睑上的眼屎，这一切，与他平日里呈现在我们面前的样子其实无甚区别。可是我的母亲，因外出度假三天而满怀愧疚的老薛的妻子，在看到他的一瞬间，忽然感觉他是一个被遗弃、被虐待的老人？她如此狠心，离开他足足三天，这三天，她去过自由的生活了，这三天，她去吃喝，去游玩，去享受了，而他，被"无情"的她抛弃于临终医院……这不是真的，可她就是这么想的吧？度假的这三天，她积累着担忧和惦念，最后全部变成愧疚……可是，无论如何，我还是被她打动了，因为，这种愧疚的感觉，我也有。

从医院回家的途中，母亲在汽车后座上说：刚才进病房的时候，我喊了一声"老薛"，你爸爸哭了，你看见没有？

哭了吗？我怎么没发现？我想了想，只想起他呆滞的目光，却没有发现哭的迹象。可她坚持说：真的哭了，我走到他跟前，看见他眼角有眼泪。

我说：眼睛疲劳也会出眼泪的。我说的是实话，我不是非要反驳她，我只是不愿意让她肆意发挥想象而过度愧疚，以及，不想让父亲显得那么可怜。

可她依然坚称：真的，你怎么不相信呢？我看得清清楚楚。

我正开着车，没法回头看她，但我听出了她有些哽咽的声音。我没再说话，也许她依然沉浸在想象中，与其说她是被她失去智能的丈夫感动了，不如说，她是被自己感动了。她愿意设造一个令人动容的故事，只因为她依然愿意把她的丈夫当成一个有着正常的思维，以及正常的情感表达的人，哪怕只是一种期待。可是，倘若父亲真的还留有那么一丁点儿记忆力和感受力，那他被捆绑在病床上的日子，会有多么痛苦？

这么想的时候，我真的希望他忘了一切，什么都不再记得。人类的所有痛苦与快乐，归根结底都是源自记忆，我们的大脑刻录下自己以及陪伴自己走过生命的那些人，那些事，于是我们拥有了快乐、爱，和荣耀，同时，我们需要承受悲伤、痛苦，以及忧愁。他这一辈子，一定有过很多快乐与荣耀的时刻，他也拥有他的妻子和孩子的爱，可他几近遗忘。现在，他终日躺在床上，被捆绑住手脚，生活不能自理，连饥饿与排泄都无法表达，没有人能否认，他过的是痛苦远多于快乐的生活。既是如此，那就不如把一切都遗忘干净吧，遗忘所有，快乐、爱、荣耀；悲伤、痛苦、忧愁……彻底遗忘。

他若彻底遗忘了，就不会因为爱人和孩子三天没有去探望他而流泪了吧?

春节过完了，母亲终是回到了常态，每天去一趟医院，给他送去她做的"好小菜"，她喂给他吃的时候，还是会一遍遍强调：

老薛，我把鱼肚皮都给你吃了，鱼头鱼尾巴我来吃，骨头我一根根给你挑出来了，鲜不鲜……

她很清楚她的丈夫已经把她遗忘，可她依然确信他离不开她。是的，他以一具实实在在的躯体，过着空谷黑洞的精神生活。他并不知道自己的精神空间已被清空，我们却要用自己的想象去替他填补，去找回曾经在他脑中驻留的情感和记忆。我的母亲，便是每天在用自己的回忆以及想象，填补着他的空白。她与他所做的一切交流，都由她自己来答复，她替代他表达情感，他对她的想念，他对她的依恋，他对她的感谢，他为她的忠诚而感动、骄傲……好吧，他离不开她，对于他而言，她是何其重要，反之亦是，她的成就，她的能力，也在服务于他的每一天中呈现，并得到众口皆碑的赞美。就这样，他成了她最"钟爱"的 —— 我无法用"人"来概括她所钟爱的"他"，我空缺这句话的宾语，以表示我对她的理解。

好吧，我的确不希望母亲吃鱼头鱼尾巴，不希望她啃西瓜皮，不希望她剥蟹脚，也许我只是为了自己作为孝顺女儿的自我认定，而她，却是以她一个人的投入，饰演着两个人的情感故事。我终是没有劝她对自己好一点，也没有要求她扔掉鱼头鱼尾巴西瓜皮以及蟹脚，这是母亲所认为的恩爱夫妻应该过的日常生活，她带着他，一起在经历，这么做，她会感到欣慰和满足吧？

如果是这样，我愿意成全她。

十、没有名字的人

1、小彭

春节过完，小彭终于从阜阳老家回来了。小彭回来的第二天，8号床肖老头就升了天。

小彭已经三年没回过老家了，这一年她狠狠心，决定放弃节假日加班费，回老家过个年。她的病人分摊给了小张和小丁，我的父亲归小丁管，肖老头归小张管。年前动身回老家时，小彭推着拉杆箱，站在病房中间，对四张病床上的四个病人说：老头，我要回老家啦，你们好好的啊，过完年再见啦！

肖老头是病房里唯一能与她交流的病人，小彭冲着整个病房说的话，差不多就是对他一个人说的。肖老头看着小彭，努着缺牙的嘴问：啥辰光回转？

小彭说：十天。

小彭回老家过年的这十天，肖老头成了病房里最难伺候的病人，每顿饭小张都要与他斗智斗勇，甚至威胁恐吓。可是任凭小张怎么哄他、骂他，他也只是锁着眉头，耷拉着眼皮，怎么都不肯张嘴。小张一生气，就恨恨地说：小彭不会回来了，你就等着饿死吧。

肖老头躺在床上的身躯忽然一抖，尖瘦的黑脸慢慢扭曲、变形，扭成一堆破碎的砖头，碎砖头缝里挤出一阵"呜呜"声，像受了委屈的狗发出的呜咽。

7号床的家属，老薛的老伴正给病人喂饭，看肖老头哭了，便冲他嚷嚷：嘻，老头还哭了？怎么啦？想小彭啦？

肖老头不理人，闭着眼睛持续让自己沉浸在悲伤的呜咽中。

哭也没用！你哭吧，哭完我再来。小张一甩手，出了病房。接下去，肖老头就这么平躺在枕头上，长时间地仰天呜咽着，直到老薛的老伴忽然喊了一声：咦，这不是小彭吗？小彭回来了。

肖老头立即刹住哭声，睁开眼睛，视线投向病房门口。哪来的小彭啊！老薛的老伴"噗嗤"一声笑出来：别哭啦，过几天小彭就回来啦，你哭，她又听不见，有啥用呢？

肖老头扯开嘴，眼睛一闭，干脆"嗷嗷"号哭起来，横流的涕泪在布满褶皱的脸上开辟出一条条沟壑。

7号床老薛的老伴过年期间被女儿女婿带着去绍兴度了三天假，为此她对老薛深感愧疚，她知道没有亲人和家人来探望的病人有多可怜，便对肖老头也多了几分同情。她走到8号床边，对着哭泣的老头说：等一歇我给小彭打个电话，叫她快点回来，不要哭了啊。

肖老头果然停住了哭泣，睁开三角眼，看着老薛的老伴，嗫嚅了片刻，说出几个字：现在打电话。

老薛的老伴举起手里的饭盒，指着病床上躺着的老薛：我给老头喂饭呢，现在没空，等一歇哦，等一歇再打。

等一歇是多久？肖老头没问，他就这么睁着三角眼，看着7号床那边的动静，耐心地等待着。老薛的老伴喂完饭又去洗碗，洗好碗又拿一个大盆去接来开水，然后给

　　　　　　　　　　没有名字的人

老薛做起了全身清洁，擦身、洗脚、剪指甲，清洁工作做完，还要全身按摩，擦润肤露……一样样做过来，实在是太久了，肖老头看着看着，三角眼渐渐眯起来，昏昏沉沉地，就睡过去了。

第二天，老薛的老伴一进病房，肖老头就把脑袋转向她：电话打了吗？

老薛的老伴好像早就想好了怎么应对：打过啦！小彭叫你好好吃饭，她过两天就回来。

肖老头没再说话，这一天的午饭，小张把勺子送到他嘴边，他还真的张了几次嘴，吞了几口粥。

这情形，在接下去的日子里每天都要上演一遍。老薛的老伴每天都要被肖老头问：电话打了吗？她每天都要回答一遍：打过啦，小彭说了，你不肯吃饭她就不回来，你好好吃饭，还有三天小彭就回来了……被问烦了，老薛的老伴就说：你为啥就盯着个小彭？小彭喂的饭就比小张喂的香？

肖老头不回答，肖老头肯定回答不上来，从他住进曹镇社区卫生服务中心到现在，快三年了，三年来，他一直是由小彭护理的。他不依赖他的三个儿子，不依赖别的护工，他只依赖小彭一个人。

年终于过完了，小彭回来了，小彭一进住院部走廊，拉杆箱和大背包还没放下，小张就冲她抱怨起来：你可算是回来了，你不在，8号床饭都不肯吃，给他开八宝粥也不吃，挂了好几天葡萄糖，还哭，过年了，他那三个儿子一个都没来过，真没见过这样的。

小彭进了病房，环顾一圈，病人一个没多，也一个没少。视线转到8号床，肖老头枕着一头好久没理的白发，瞪着三角眼看着她，一张嘴：八宝粥！

小彭抿着嘴笑，笑完又虎起脸问：老头，你说，小张喂饭你为啥不吃？你倒说说，为啥不肯好好吃饭？

肖老头张了张嘴，没说话，三角眼里射出的目光却烫人得厉害。

这天的晚饭，肖老头吃得很爽快，小彭没把他的饭菜打成浆糊，一份肉糜蒸蛋，一份大白菜炒蘑菇，小彭特意单独喂的。肖老头用他那半口牙，"吧唧吧唧"吃得特别香。小彭喂一勺，跟着问一句：咋又吃了？为啥我一回来你就吃了？

小张进来看了一眼，有些不服气：你喂他就肯吃？你干脆认他做爹吧，以后他把家产传给你，不给他那三个不孝子……说完发出一阵波澜壮阔的笑声。

天黑了，小彭铺开折叠床，又去开水房接了一盆热水回来。肖老头白花花的脑袋紧紧跟着小彭转，小彭走到哪里，他盯到哪里。小彭坐在床沿上洗脚，肖老头看着她洗脚。小彭说：你干吗老盯着我？我又不是你的儿子，你有三个儿子呢，给你送终的人是他们，不是我。

肖老头动了动嘴皮子，没说话。

舟车劳顿的，小彭累了，一躺下就打起了呼噜，掺和着病人的呢喃、呻吟，以及鼾声，四个病人加一个护工，热热闹闹地安寝了。

第二天清晨五点半，护工们纷纷起床，走廊里响起各种声音，趿着鞋皮的脚步声，水龙头的"哗哗"声，吐牙膏沫的"呸、呸"声，以及护工们的聊天声。忽然，某一间病房里传来一声呼喊：来人啊——

护工们迅速对了一下眼神，立即拔腿向不同的方向奔去。有人一头撞进发出喊叫声的病房，有人朝医生值班室一溜小跑，有人奔向楼梯口的储藏室，转眼拉着一张高脚推床出来……天色还未亮透，空气中带着深重的夜凉，住院部门口的台阶边，冬青叶上缀着的白霜还没融化，社区卫生服务中心的住院部已然喧嚣起来。瞌睡正浓的值班医生被唤醒，护工们进入紧急战备状态，这情形，一定是有老人"升天"了。

肖老头死了，肖老头吃了一顿饱饭后升了天，他是在小彭的鼾声中升天的，应该不会寂寞。

那一日正好是周末，因为下午有一个研讨会，我决定上午就去看父亲，到达医院才九点不到，进病房，就见8号床空了。小彭说，肖老头升天了，她正在等他的三个儿子，他们来了才能开死亡证明。

说话间，就见一辆黑色殡葬车开进医院大门，停在了后院的太平间门口。太平间离住院部五六十米远，独吊吊一间平房，门外竖着很多晾衣桩，桩子间拉着绳子，绳子上挂着护工给病人洗的内衣外套、毛巾毯子。

殡葬车到了，肖老头的三个儿子却还没到，两个殡葬工人下了车，站在露天地里抽香烟，第一根烟抽完，戴黑头盔骑摩托车的小儿子驾到，"轰隆"声由远而近，戛然停止。殡葬工人说，可以办手续了吧？小儿子说不行，要等他的两个哥哥来。殡葬工人只好继续在露天地里抽烟，第二支烟抽到一半，开着长安小货车的大儿子来了，只剩下二儿子了。殡葬工人还挺有耐心，在第三支烟快抽完的时候，二儿子的出租车终于开进了医院。接下去，三个儿子排着队，穿越很多根晾衣桩，躲开无数条在风里翻飞的内衣外套和毛巾毯子，跟着医生进了太平间。两分钟后，三个儿子从太平间里出来，医生和他们说话，他们站着听，大儿子斜着肩膀，二儿子双手插在裤子口袋里，三儿子抖着腿，三个人不约而同地从喉咙里发出"嗯、嗯"的应答。医生拿一份单子叫他们签字，大儿子接过笔，斜着肩膀签完，传给二儿子，二儿子从裤袋里掏出手，趴在殡葬车的车门上签完字，又传给三儿子，三儿子一边抖着腿，一边在纸上写，写完，把笔还给医生。医生说，可以送殡仪馆了。

三个儿子看着殡葬工人把他们的父亲抬出太平间，护工和一些病人家属都站在一旁围观，我也站在人群中。冬日的太阳并不热烈，空气中也没有一丝新年的气味，站在露天地里，只有凛冽的寒意。三个儿子跟在殡葬工人后面，嘴里不断地吆喝着：慢点慢点；哎哎，要付多少钱？有发票吗？到殡仪馆就十公里，要三百元？也太斩人了吧……

这三个男人，好像只是请搬家公司来搬一趟家，倘若不是在临终医院里，谁又能相信他们是刚死了父亲的三个儿子？

护工们站在住院部台阶边，看着二十米开外的情形，我学着她们的样子，坦然地看着"热闹"，一丝都不需掩饰"吃瓜群众"的状态。在临终医院，最后的一程，必须被围观，这是一种送别的"仪式"，倘若没有那么多病人家属和护工目送着8号床被抬上殡葬车，那才是一种遗憾吧？毕竟，肖老头在这里生活了足足三年。

突然听见站在我身侧的小张说：肖老头撑了十天，就等着小彭呢，小彭回来他才肯升天。

小彭扭回头，带着几分惊异的表情看向小张：别瞎说，我又不是他儿子……

小张说：你看看她那三个儿子，爹死了，咋一声都不哭呢？你看你看，他小儿子，还抖腿，抖个不停还。

我试图替不停抖腿的小儿子开解：人紧张了就会有一些不经意的小动作，他小儿子大概是紧张吧？

肖老头被抬上了殡葬车，刚要关门启动，小彭忽然想起什么，冲着殡葬车大喊：等等，等一下。说着转身跑进住院部走廊，两分钟后又跑回来，冲到殡葬车跟前，我们跟着围上去，看她究竟要干什么。只见小彭朝那三个儿子摊开攥着的拳头，一颗断齿躺在她的掌心，花生米大一粒，通体发黄，还带着黑斑。

小彭一步跨上后车门，掀开白被单，一张尖瘦的脸露出来，蜡纸般的黄色。小彭伸出手，扒开肖老头紧抿的嘴，把断齿塞进他的口腔。肖老头的尖瘦脸被掀动了一下，皮往上抬了抬，像是轻轻笑了一笑。

这颗断齿，小彭一直替肖老头收在床头柜抽屉里。有一回，小彭要给肖老头理发，他不肯，扭头朝小彭的手狠狠咬去，小彭缩手一躲，他一口咬在理发推子上，咬断了一颗牙齿。

小彭从车里跳下来，对三个儿子说：老头身上的东西再没落下了，走吧。

殡葬车开出了医院大门，围观的人群各自散了。三个儿子站在大儿子的长安小货车边说了几句话，随后，大儿子上了驾驶座，二儿子上副驾座，小儿子骑上摩托车，三个儿子也离开了医院。

肖老头升天了，他再不会出现在医院里了，我们也不再有机会见到他的三个儿子了。可是，脾气怪异的肖老头，激发了我更多的猜测和想象。老头就这么手一撒升了天，他有没有把银行卡和存折密码告诉他的儿子们？他在住进临终医院前，有没有去公证处立过遗嘱？如果没有，那他的三个儿子要怎么分配他的遗产？依照他们平时的做派，会不会因为分家产而打起来？这么想想，我就很有一种冲动，如果可以跟踪到肖老头的三个儿子，我真的很想看看，接下去他们家到底会发生什么。

肖老头的遗产分配问题，在于我是一个悬念，小彭却好像再不关心，她关心的是，肖老头为什么要等到她过完年回来才升天。小彭知道我是一个"写书"的人，病人家属中，我是最有兴趣、最有耐心听她说话的那一个。她抬起她那方形的下颌看着我，咧嘴笑着说：外女儿，你说，肖老头，他这是为啥？

小彭笑的时候，本就不大的眼睛几乎眯成了两条缝，她不会用"依赖"或者"感情"这样的词汇，但她很清楚这是为啥，她是明知故问，她笑得那么自豪的样子让我确信，她很有成就感。她之所以一遍遍地问我"外女儿，你说，肖老头，他这是为啥"，那是因为，她希望听到我作为病人家属的反馈，就好像，一个优秀学生渴望得到一张被表彰的奖状。

我对小彭说：你护理8号床三年了吧？他是把你当成亲人了，其实要说给他送终的人，还是你，是你守护着他升了天。

小彭忙不迭地摇手：外女儿可不敢这么说，我护理肖老头整整三年，他喊了我三年"小彭"，他从来都不知道我叫啥名字，我凭啥给人家送终哪？我也没资格给他送终啊！

小彭说着，再一次笑起来，还笑出了"咯咯"的声音，带笑的方脸显得又宽又短，眼角的鱼尾纹像两簇横开的烟花，深刻而又灿烂。小彭不小了，五十多岁的女人，在这里，一直被我们叫着"小彭"，好像，在"临终医院"里，小彭、小张、小丁、小魏、小兰她们，永远都不会老似的。

2、小丁

小丁被辞退了，因为病人家属投诉。小丁在操作室里和小魏聊天，小丁说：饭点都过了，你还热饭干啥？

小魏说：顾阿太刚才睡着了，没吃上饭，现在她醒了，我热一下喂她吃。

小丁甩了甩满头酒红色小卷：嘿，她家属在吗？

小魏说：不在，回去了。

小丁撇了撇嘴：那你还热饭？她家里人不在，你喂了人家也看不见，顾阿太呆得都不认人了，她还能告状？

小魏没说话，微波炉"叮"的一声，顾阿太的饭热好了，小魏端着饭盒出操作室。小丁咧开嘴笑骂：死心眼儿！

小丁太大意了，小丁说这些话的时候，压根没发现某一位病人的家属正要进操作室。那家属在门口站了一会儿，直到小魏出操作室，她才进门，还冲小丁点了点头。小丁先是愣了一愣，那家属面不改色，她便不认为她那些话被人家听了去，于是和病人家属打招呼：来啦！而后顶着一脑袋红葡萄，摇摆着高壮的身躯出了操作室。

第二天，小丁接到劳务公司的通知，她被辞退了。护工是劳务公司派来医院的，不归医院管，病人家属投诉给医院，医院反映给劳务公司，然后，小丁就被辞退了。那以后，曹镇社区卫生服务中心的住院部，就再没出现过黑皮肤小丁那又高又胖形同非洲女人的身影。

小丁被辞退，我却有些替她惋惜，并非为她感到冤屈，而是，她是一个有故事的人，我喜欢与有故事的人交往。然而，作为一名护工，她的工作态度却是一言难尽，偷工减料、偷奸耍滑的事儿已经不是第一次被发现，她还教唆新来的护工怎么钻空子，家属在与不在很多时候不一样。有一段时间，我的外公归她护理，我也发现过那么几次，病人排便屙尿，她不及时擦洗，总要等到家属来了才开始干，一边干，一边抱怨：看看，看看，这哪是人干的活？

可是她力气大，她能双手托住病人一把抱起来，不用别人帮忙就能把病人从床上移到轮椅上。她的确不太勤快，可是在病人家属面前，她干起活来比别人更高效、更利索，给病人翻身、擦澡、换床单，她总是把动静搞得很大，大刀阔斧的样子。当然，这些都不是我替她感到惋惜的方面，我的兴趣所在，是她的故事。据说，她是从老家"逃"出来的，我早就听说，她将近五十岁的人生经历有多么曲折，多么悲惨。可惜的是，我还未从她身上挖掘到更多故事，她就被辞退了，再也不来了。

　　　　　　　　　　没有名字的人

几个月前的一个周末，我去医院看父亲，那天正好是三八妇女节，我带了几罐护手霜，分别送给父亲的护工小彭和外公的护工小张，小丁正好在旁边，我也送了她一罐。小丁扯着嗓门说：谢谢外女儿！

小彭替我回答：大胖，你嘴上说谢谢，外女儿不稀罕，外女儿是写书的，你把你的事儿说给外女儿听听，让她把你写进书里去……小彭又扭头指着小丁对我说：你写写大胖吧，大胖这辈子苦啊！

接下去，我被五名护工围坐了起来。小丁开始讲述她的"血泪史"，恋爱、结婚、被家暴、离婚、再婚、出逃……讲到伤心处，泪眼模糊，一众女人跟着她唏嘘。她们显然已经听过很多遍，在小丁讲述的过程中，她们不停地插嘴，给故事中的人物关系和身份职业给予及时的注解，她们还时不时地要纠正一下讲述人，为有关时间、地点，上一次是不是这么说的等等诸多问题打断她。说到家暴的桥段，小张站起来，按住小丁的胖脑袋给我看：外女儿你看看，大胖的头发都被她男人揪完了，长不出来了。小丁抵着脑袋说：揪头发是轻的，有一回，他正在灌开水，我一句话没说对，他拎着水壶就往我脑袋上浇，头皮都烫熟了，后来头发就长不出来了，要不然我干吗烫个满头卷？满头卷看起来头发多一些……小兰补充道：她男人不准她和别的男人说话……小丁点头：有一回俺俩走亲戚，是他家的亲戚，我和他堂哥说了两句话，他跑上来就抽我一嘴巴……说到出逃桥段，小魏也有细节补充：她男人还追到这里，我们把大胖藏在女厕所里，我们说没这个人，你去别的地方找吧，那男人，精瘦精瘦的，一脸杀气……小丁点头：我偷偷跑出来打工，只有我娘家知道，他跑去我娘家问，他们都没敢说，后来不知咋的就被他打听到了，肯定是我弟媳妇，我弟媳妇的娘家和我男人家一个村的……

五个女人分工合作，在首次聆听的我面前塑造了一个反抗压迫的新女性形象。可是小丁的故事还是有很多令我费解的地方，譬如，既是男人把她迫害成那样，她也成功离了婚，后来又为什么要复婚？还有，小丁这么高大，那男人精瘦精瘦的，她怎么就不反抗？若是打架，小丁未必会输吧？

我把我的疑惑说了出来，我这么问的时候，小丁硕大的头颅一低，黝黑的面庞忽然变成了绛红色。她抬起眼皮看我，又迅速垂下眼皮，带着些许羞涩，用很轻很轻的声音说：他说，他就是爱我，他打完我，又跪下来哭着求我，他说他没办法，我也没办法……

我忽然有些替她尴尬，便快快地从她脸上移开了视线。我不敢再追问，我怕她抬起眼皮后目光与我对接上，我怕她看出我眼中的同情、质疑、愤怒，以及鄙夷。

她们的工作性质不允许长时间围着我讲故事，劳务公司的领班胡老师快要来了，她每天都要来一次医院，做例行检查，她们已经摸出胡老师的规律，今天上午没来，那下午肯定会来，一般会在三点半左右，还有十分钟，肯定到。她们纷纷站起来，叹息着，擦着发红的眼睛，恋恋不舍地散开，各自回了病房。

小丁不小了，将近五十岁，以她粗壮的身材和太过平庸的长相，我很难想象她被一个男人表白"我爱你"的样子。可我还是在看见她满脑袋的红葡萄时，忽然有些明白，一个女人的沦陷，可能真的只是因为内心有一份卑微的需求。她没有金钱，她没有美貌，她没有爱情，恰恰这些都是她最想拥有的东西。或者说，这一切，是所有女人的梦想。

事实上，我还远未真正了解这个被同事们叫作"大胖"的小丁，我想找机会再多来几次"围坐闲话"，在某个周末，我去探望父亲和外公的日子里，多半应该是下午，病人们在午睡，领班胡老师还没来，那样的时刻，最适合女人们凑在一起话家常。我喜欢听她们讲自己的故事，不管是真是假，即便有一半是来自她们的想象和虚构，我还是喜欢听。

机会还未等来，小丁就被辞退了。她有过被投诉的劣迹，不知道劳务公司是否还能继续与她签约，她是否还有机会去别的医院工作，或者，做家政服务、钟点工、保洁工？不过，以她的工作作风，做别的工作也极有可能被投诉，除非她痛改前非。可是，倘若不在外面继续打工，难道她要回老家？回到那个"爱她"的男人身边，被监视，被控制，被困顿，而后，以爱的名义备受摧残？

她不是一个优秀的护工，她只是一个女人，身材粗壮、貌不惊人、劣性颇多。我甚至还未及知道她叫什么名字，我只听见人们叫她"小丁"，或者"大胖"。无论如何，我还是替她感到惋惜，因为，我看见过她红着脸说那句话时的样子："他就是爱我，他打完我，又跪下来哭着求我，他说他没办法，我也没办法……"说这话的时候，我感觉到了她复杂的情绪，一点羞涩、一点甜蜜、一点痛苦、一点享受，甚至，一点幸福。

她过着一塌糊涂的生活，我却看到了她的渴望，她的缺失，尤是令我感到无能为力的是，她无法自救。

3、"俺叫张J萍"

我的弟弟从重庆回来看望父亲，做儿子的心疼母亲，到处咨询、查找、走访，居然找到了一所离家更近的医院，那里新开出一个病区三个楼层的老年病房，病人还没住满，虽是民营医院，但也可以使用医保，并且医疗设施和条件都比较好。全家商量后，决定为父亲转院，往后母亲每天去医院，只需坐十分钟公交车，或者步行二十分钟就能到达。父亲转院后，我便只是一周或两周去一趟曹镇的卫生院，开车载着母亲，去探望她的父亲，我的外公。

外公在医院里已经住了三年，最近有些每况愈下的趋势，总算挣扎着熬过了整个夏天，十月过后，外公的生日也快到了，过了生日，他就九十岁了。外婆说，外公躲过脑出血一劫，大难不死必有后福，九十大寿一定要办得隆重一些。

外婆一经决定，大家就分头忙碌起来，预订寿桃、寿面、大排骨，寿桃要"乔家栅"的，大排骨要"上食五丰"的，寿面要在老街的申家切面店订制，鸡蛋精粉的……外公生日前夜，我的母亲关照大舅，最好有人在医院里陪着外公，一过零点，爹爹就九十岁了，千万千万要守住爹爹……

我大舅没有亲自去给外公守岁，他是让他的儿子我的表弟去的。表弟吃过晚饭，开着他的电动车去了街道卫生服务中心。他在外公的病房里刷着手机坐了五个小时，他听着病人们浓痰淤塞的气管里挣扎的呼吸声，还听着躺在折叠床上的护工小张健康的鼾声，然后，十二点就到了，新的一天就这么来临了。

表弟说：爷爷顺利地进入了九十岁，我完成任务，就回家睡觉了。临走我还到床头看了一眼，爷爷睡得好好的，张着嘴，喉咙里发出"呼噜、呼噜"的声音……

表弟的陈述作为有效证词，证明了我的外公的确活到了九十岁，而非八十九岁。天刚亮起来的清晨时分，安身于浦东各个角落的子女们纷纷接到小张的来电。小张言简意赅，一句话，五个字，嗓门依旧壮阔，几乎要震碎电话扬声器：老爸升天啦！

脑出血并发症，外公寿终正寝。清晨，全家人陆续赶到医院。一到病房，我母亲、我的四个姨，还有我的舅妈们就哭开了：爹爹啊 —— 你一辈子辛苦把我们养大 —— 我们要给你做九十大寿 —— 你却一声不响地走啦 —— 我们买好了寿桃寿面 —— 请好了亲眷朋友 —— 订好了寿宴 —— 爹爹啊 ——

我听着母亲和姨妈们曲调婉转内容丰富的哭唱，听得入神，眼泪都顾不上掉。过去，我一直认为亲人去世是悲伤的，可是这会儿，听着哭丧调，我有种奇怪的感觉，好像，外公去世，是一件祥和与幸福的事。

清晨的"临终医院"，来探望病人的家属大多还没到，除了几名护工，少有围观群众。因为外公是专属小张护理的病人，她忙进忙出、上蹿下跳，一副干劲十足的样子。最后，我们一行人跟随着移动停尸床，把外公送上了殡葬车。

停尸床推到车后门，准备推上去时，母亲跺着她那膝关节有疾患而不太灵便的腿脚，哭喊着一定要再看一眼她的爹爹。殡葬工很有人情味，说再给你们五分钟，五分钟后开车。

母亲走到床边，轻轻掀起蒙着外公的白被单，然后，我们都看见了外公那张不苟言笑的脸。他嘴唇紧闭，不再如躺在病床上那样双颊凹陷，大张着嘴，"呼哧呼哧"地发出浓痰淤塞的呼吸。他看起来很干净，皮肤依然白皙，脸上原有的皱纹，此刻也因极度的平静而光滑几许。朝阳从东边斜着照过来，一缕阳光从人群插入，落在外公的一侧脸上。外公已经三年多没被太阳照过了，这会儿，他真是安静极了，他闭着眼睛躺在光天之下，一脸庄重。

从早上到现在，我一直没哭过，此刻，眼泪突然涌了出来。

外公活到九十岁，是喜丧，一切按规矩程序操办，丧事办得隆重而又完美。头七过后的周末，母亲让我去给小张结最后一次工资，她自己这些天太操劳，腿痛得没法走路。母亲说，你去结账的时候，替我谢谢小张，往后我们大概不会再去那边的卫生院了。

周末午后，我开车去了一趟曹镇社区卫生服务中心，泊好车，熟门熟路地走进住院部走廊，就像去探望父亲和外公一样，向病房走去。

"临终医院"里一如以往，某扇门内传出几声饱含痰气的咳嗽，以及护工壮阔的嗓门里蹦出的呵斥声：又吐痰，吐痰要喊，晓不晓得，要不要打屁股……那些老糊涂的病人，他们又哪能记得吐痰要喊？他们能自己吐痰，哪怕喷吐到被子上、衣服上，至少还显示出了微弱的生命力。现实是，他们大多数人已经什么都不会，也什么都听不懂……其实，护工们完全明白这些道理，与她们打了三年交道，我早已了解，也许她们只是为了亮开大嗓门，让这"临终医院"里有一丝欢闹的声色，这样她们才能持续健康地去做这样一份送人归西的工作吧？

踏进外公病房的那一刻，我习惯性地看向23床，只见被窝敞开着，一具赤裸裸的躯体瘫在床上，小张壮硕的背脊弯弓着，她正在给病人换尿袋。我转身回避，直到小张给病人盖回被子，抬头看见我，亮开大嗓门喊道：外女儿，来咧!

我的外公已经升了天，他不再是小张护理的那几个病人中的一个，可是小张还是叫我外女儿。小张把尿袋扔进专用垃圾桶，没有洗手，直接朝我走来。我怕她上来勾我的手臂或肩膀，她以前经常这么干，不过多数时候她愿意勾我母亲的手臂或肩膀。我尽量隐蔽地移动双脚，悄悄倒退了两步，站到床架子后边，我说：小张，我是来给你结工资的。

在给小张算工资的时候，我看了好几眼23床，床上躺着的那个人早已不是外公，新的病人鼻孔里插着氧气管，与其他病人一样，闭着眼，大张着嘴，双颊凹陷，发出"呼哧呼哧"的艰难的呼吸声。那样子，与十天前还躺在这里的外公如出一辙，他每"呼哧"一次，就挑逗着我喉咙口"外公"两个字呼之欲出。

小张照旧在收据上画了三个圆圈，工资结清了，外公不在这里了，父亲也已转院，没必要逗留，我准备回家。小张很热情地要送我，送出走廊，一直送到大楼门口。车开出医院大门时，小张还站在台阶上冲我挥手，我也想冲她挥挥手，可是我手里握着方向盘，一拐，就出了医院大门，就看不见小张了。

忽然感觉有些遗憾，我怎么忘了问一下小张，她到底叫什么名字？第一次问她，她就说，"俺叫张 J 萍"，当时我没听懂她河南口音说出来的名字到底是哪几个字。事实上，曹镇社区卫生服务中心的五名护工，我一个都不清楚她们到底叫什么名字，我只知道她们是小彭、小张、小丁、小魏、小兰。

小张不识字，当然说不清楚自己的名字是哪几个字，可是刚才我怎么就没想到让她把身份证拿出来给我看看？尽管，她叫什么名字并不重要，可我还是很想知道，她扯着嗓门喊出来的"张 J 萍"三个字，到底是张菊萍、张娟苹，还是张建平？

十一、迁徙的"老鸟"

　　他终于脱离了7号床，他的背脊离开床垫，双腿腾空而起，身躯被整个儿抬了起来。他正在进行一场艰难的迁徙，像一只断了翅膀的老鸟，即将被救助员从一片沼泽地，移到另一片沼泽地。是的，我的父亲，他在曹镇社区卫生服务中心住了两年多，他躺在住院部的病房里，两年来，他一寸都没有离开过7号床这块方寸之地。

　　被抬起来的瞬间，他的呼吸变得急促，也许他感觉到了身躯脱离床垫的悬空感，我猜测，他有些紧张。果然，随着幅度更大的移动，他的眼睛也越瞪越大，终于，巨大的喊叫声从他嘴里喷射而出。谁都听不清他在喊什么，我却能感觉到他的情绪，他害怕了，呼吸中带着急切的颤音，身体的本能让他发现自己正处于危险的境地。那么，他还有着感知力？只是不会表达，并且，他在感觉到恐惧的瞬间又遗忘了恐惧，同时，新的恐惧又紧随而来，就这样，他的情绪在短时间内一轮又一轮地更迭，而此刻，一波接一波的恐惧占据着他短暂的记忆，使他发出持续的喊叫。

他比入院时胖了，小彭提着兜住他的床单的一个角，喘着粗气喊：我的个天，老薛啊，你都胖成肥猪了……四个护工扯着床单的四个角，调笑着老薛的肥胖，喊着"嗨哟嗨哟"的劳动号子，终于把他从躺了两年的7号床，移到了一张窄窄的高脚推床上。120急救车还未到，我们必须把7号床腾出来，新的病人很快就要来了，小彭需要尽快把床铺打扫干净。

他被推出了病房，他离开了这间两年来从未走出过的房间，跟着一起离开的还有三大包杂物，没用完的尿垫尿袋、吃喝用的碗勺水杯、洗漱用的毛巾脸盆……这是他的全部家当，他维持生存所需的一切，都将跟随他一起搬到新的医院。

推床在移动，一经来到走廊，他就停止了喊叫。也许是看到了许久不曾看到的风景，他瞪大眼睛，眼珠子转动着，前所未有的活跃。这里的景致与病房里不一样，他像一个从未出过家门的婴儿，外面的世界令他感到新奇。他也闻到与病房里不太一样的略微新鲜一些的空气了吧？看起来他不再紧张和恐惧，却有一点小小的激动，带着痰气的呼吸越来越深重，喉咙口发出"呼噜噜"的喘息，像是有呼之欲出的话要说。就在我们把他推出走廊大门的一刹那，一缕微风拂过，阳光霎时照到他身上，他忽然眯起眼睛，鼻梁起皱，嘴角开咧，与此同时，浑身颤抖着，发出一阵如同挣扎的呼啸：啊 —— 哈 ——

他的面容近乎狰狞，他龇牙咧嘴，尖锐的啸叫声听来令人毛骨悚然，仿佛出自一个激情四溢的癫狂者。我无法判断，那是他久未动弹的骨肉突然被搬动而引发的疼痛惨叫，还是因为巨大的变动令他感到不安，于是他要反抗？可我还是从他扭曲的脸上看出了久违的表情，似乎，他正在笑。是的，我愿意相信他在笑，他已经很久很久没有笑过了，现在，他正发出激烈的笑声，带着颤音，如同沸腾的岩浆，从喉咙口喷薄而出：啊 —— 哈 ——

他感受到了阳光的沐浴，他呼吸到了新鲜的空气，暮春的风吹在他脸上，他享受着自然的爱抚，他太需要笑了，他果真笑了，我在他的啸叫声里听见了笑，我敢保证。

在我还是一个孩子，或者，还是一个青年的时候，几乎每天，我都会听见他的笑声。干家务的时候，他与母亲相互调侃，母亲被惹急了，他大笑着道歉；晚餐桌上，他说到某个笑话，我们还没笑，他率先"哈哈哈"地笑起来；期末考试后，弟弟从学校带回奖状，他接过奖状，还未打开，先发出一阵"哈哈"的笑声，仿佛这笑声就是他给我们的掌声……他不是一个严肃的家长，他在孩子面前一点儿都不端着，他愿意笑就笑，在感到快乐的时候、幸福的时候，自豪的时候，没有谁能阻止他发出那种爽朗、开怀、毫无保留，甚至肆无忌惮的笑声。

可是，从他病入中期，到住院，到今天，将近四年，我几乎再没见他笑过。我以为他遗忘了一切，也遗忘了如何笑。可是现在，他真的在笑！

我对母亲说：我们把爸爸推到外面，让他晒会儿太阳吧。

接下去，他的推床就停在了住院部的大门外，这个卧床老病人就这么躺在了太阳底下。阳光照着整张床，照着他白色被子覆盖的身躯，照着他狰狞的面容，照着他不能自控的洞开的口腔。他眯着眼睛，皱着鼻梁，时不时地发出一阵龇牙咧嘴的狂笑：啊 —— 哈 ——

他已经在医院里住了两年多，他早已忘了一切来源于自然的愉悦与欢乐，这一刻的阳光却让他大笑不止。这么想着，忽然鼻酸，我伸出手，抚了抚他那张被太阳晒得暖热的脸：爸爸，开心吗？

他不理我，他依然眯着眼睛，皱着鼻梁，仰面朝着天空，发出一阵狂笑：啊 —— 哈 ——

一个多小时前我已经打电话叫了120救护车，因为只是转院，而不是送医，急救中心把我们排在了急需病人的后面，为此我们在住院部门口足足等了两个小时。这两个小时，因为父亲的笑，我们等得一点儿都不着急。我甚至希望急救车再晚些到也无妨，让他再多晒一会儿太阳，让他再多呼吸一会儿没有消毒药水味儿的空气，让他再笑一会儿，哪怕他的表情是狰狞的，哪怕他呼啸般的笑声听起来让人毛骨悚然，让我们无法判断他究竟是因为疼痛而惨叫，还是因为快乐而癫狂。

将近中午，急救车终于来了，小彭把我们送出大门，上车前，她扯开嗓门对躺在担架上的人喊：老薛，这辈子咱俩还能见着吗？大概见不着了吧？

在临终医院，没有人避讳说这么不吉利的话，这是

　　　　　　迁徙的"老鸟"

每天都会发生的现实，在这里，死亡触手可及，死亡不是我作为写作者的虚构。

小彭没心没肺地喊着：拜拜啊！老薛，我会想你的，你会不会想我？

老薛没有回答她，老薛歪咧着嘴角，蠕动着僵硬的身躯，持续发出不明所以的呼叫，以及狂乱的笑声。

半个小时后，急救车把我们送达目的地——安平医院，一所集医疗、康复于一体的综合医院，也是一所老年护理特色医院。一如母亲的希望，这里是医保定点单位，虽然只是一级医院，但比曹镇卫生服务中心大得多，全院医疗面积6000余平方米，住院部有100多张床位。自然，住院费和医疗费也要比"卫生院"高出些许，护工费却一样，每天68元，加上洗涤费、空调费等，在使用医保的前提下，自付费用平均四千元出头。好在，父亲的退休金已上涨至4500元，如此，依然符合母亲规定的"养老花费不能超过退休金"的要求。

进入安平医院二病区，老年病房主任俞飚医生把我们带到一间空房间：你们是住进这间病房的第一个病人，可以挑一张床。

我暗自庆幸，来得早不如来得巧，新开出的这个楼层，六间病房只住满了两间，父亲的到来，开启了第三间病房。母亲毫不犹豫地挑选了靠窗位置，问我如何？我自是完全同意，病房在阳面，朝南联排窗，晴天时，阳光能照到他身上，也可以打开窗户，让他呼吸到新鲜的空气，他会因此而快乐，也许他还会发出今天那样的笑声，我想。

安顿好父亲，俞飚主任说：下午做入院检查，最好叫家里的男人一起来，要给病人做CT、做B超，得有人帮忙抬，一个护工是不够的。俞主任指了指站在他身后的一个几乎与他齐高的女人：她是这间病房的护工。

新病房的护工，是一个看上去五六十岁的女人，穿一件灰色衬衣，黑色长裤，不是粉红色制服。俞主任大概发现了我的疑惑，补充道：护工是今天刚派来的，工作服还没领，我们能不能开出新病房，其实是要看护工的，一间病房就要有一个护工顶岗，其实，要住进来的病人已经很多，但是劳务公司还没把护工派到位，病房就只能暂时不开。

我冲护工点了点头：阿姨好！您贵姓？

女人沉默着，一脸漠然。我想，她大概不明白"贵姓"是什么意思，于是又问了一遍：阿姨，你姓什么？

我姓姚，她回答。果然，在这里，"贵姓"是一个生涩而不合时宜的词。

姚阿姨，那要辛苦您照顾我爸爸了，我寒暄了一句。她又陷入了沉默，一句客套的答复都没有，脸上也没有一丝笑意，甚至还带了点肃然。我猜测，可能是因为第一天上岗，她还不熟悉环境，有些不知所措。

俞主任要求男性家属一起来，而我的弟弟远在重庆工作，我的先生又出差在外，我只好把正上大学二年级的儿子召唤来。他请了半天假，及时赶到。

下午，我们推着父亲去做检查，姚阿姨垂着两只手，跟着移动的病床不紧不慢地走在后面，拖沓而又迟疑的脚步使她像一个看热闹的过客，而这个过客又有着一副高大的身材，这让我心中生出些许不悦。作为一名护工，她没有提出由她来推病床，也没有走在前面引导我们，她缺乏主动性，缺乏服务意识……可是转念，我又默默地替她辩解起来：她刚来这家医院，她还不清楚CT室在哪里，也不知道B超室在哪里，她还没有形成主人翁的意识，一切都还不在她的掌控中，她只能让自己做一个旁观者……这么想着，不悦的心情稍稍缓解。

我们推着病床，一路询问着，先找到CT室。姚阿姨跟在我们身后，一起进了黑魆魆的房间。医生指着庞大的CT仪下面的一张平板说：把病人抬上去。

我们七手八脚地摆弄着父亲，先要把移动床的床栏放下来，可是这个床栏，要怎么放？姚阿姨？你会吗？她站在我身后摇头，甚至没有尝试一下的意愿，仿佛一个逛玉器店的顾客，不愿意伸出手接过销售员递给她的工艺品摆弄一下，就怕弄坏了要赔偿。幸好，除了我们三个老弱女人，还有一个年轻人。儿子鼓捣了半分钟，终于找到床栏的插销，也找到移动床脚下的刹车。接下去，我们要把他抬起来，我扳住他的一个肩膀，母亲扳住另一个肩膀，儿子抬起他的两条腿。姚阿姨呆站在一边，还是没有要上来抬人的意思。我不得不冲她吆喝起来：阿姨你来啊！她像是忽然被惊醒，打了一个激灵，迟疑着挤进我们中间，找不到插手的位置，围着推床兜了一圈，还是不知道要从何处下手。我几乎有些生气了，但还是耐着性子说：姚阿姨，你站这里，左边，对，抬住他的腰，大腿和腰，托住，就这样，来，一、二、三……他终于被我们移到了检查台上。CT扫完了，还要把他搬下来，是的，我们三个家属都是笨拙的外行，可是姚阿姨，她是护工，哪怕是刚被派来这里工作，也不应该啊！

　　接下来，我一边忙活，一边不断指挥她：姚阿姨，来搭把手，推一把，对，让他侧躺……

　　姚阿姨，我挡着他，你把栏杆竖起来，不要让他滚下床，不对不对，铁栓在侧面……

姚阿姨，你抓住他的手，按住，不要让他抓B超仪……

她始终是一副手足无措的样子，却又累得气喘吁吁、满头大汗，仿佛在和一头牛搏斗。当然，我们也累得气喘吁吁、满头大汗，我们也仿佛在和一头牛搏斗，可是效果却截然不同，我们是越战越勇，因为我们别无选择。可她不是，躺在床上的病人与她没有一丝一毫的关系，她完全可以袖手旁观。果然，一番忙乱之后，她干脆又垂下了两只手，表情呆木着站在旁边，我不招呼她，她就再不主动伸出手来。我担心她对我一个劲儿地吆喝她有意见，又觉得她笨手笨脚的样子像是一点儿工作经验都没有，便问：姚阿姨，你以前在哪家医院做护工？

她木讷着脸，摇头。我倒吸一口凉气：你没做过护工？

她依然木讷着脸，点头。我问：那你以前做过什么工作？家政还是保洁？

她垂手站着发呆，像是脑子一时转不过来，片刻，支支吾吾地回答：我刚从老家出来，第三天……

我们摊上了一个生手，我不禁为父亲感到担忧起来。可是，任何人，做任何工作，都要经历第一次，那些给人看病、开刀的医生，那些给病人挂水、抽血的护士，他们也都经历过手足无措的第一次吧？护工的工作，更脏更累，又没有地位，自然更需要鼓励。我把声音尽力放得轻柔一些，我说：姚阿姨，没关系的，这次给我老爸做入院检查，就相当于你的一次练习，新病人进来都要做入院检查的，多做几次就熟了，不难的，慢慢来。

她没有点头，也没有摇头，只继续木讷着，任凭我的儿子、我的母亲，以及我，推着父亲奔波在医院走廊、电梯，以及检查室之间。

入院检查终于完成，我们把父亲送回了二病区36床。傍晚，我们准备回家了，我还是无法做到完全放心，便对护工说：姚阿姨，今天病房里只有我爸爸一个人，任务不是很重，做事情不要急，有事喊医生，明天上午我妈就会来医院。

母亲叮嘱她：姚阿姨，晚饭给老头加一个我自己炖的蛋，在床头柜上的乐扣里，炖蛋拌在饭里一起给他吃，不要打成浆糊。

姚阿姨终于点了点头：嗯。

母亲迟疑着，跟着我，一步一回头地离开了病区走廊。出大楼时，母亲说：这个姚阿姨，木熏熏的，做事一点都不麻利。

我说人家刚来第一天，慢慢会好起来的，谁都有第一次，总要让人家有个成长的过程。

母亲叹了口气：唉，造孽……她说的不是姚阿姨，她是担忧她的老头，我知道。

第二天上午，母亲带着自己做的鱼汤去了医院。进病房，看见父亲躺在病房尽头靠窗的床上，窗帘打开着，阳光果然照到了他身上。另外五张床还是空的，新的病人还没就位，护工也不在。母亲在操作室和走廊里找了一圈，不见姚阿姨踪影，又去别的病房找，也没找到，便去医生办公室问。俞主任不在，父亲的主治医生张欢欢在，胖胖的年轻女医生，戴黑边框眼镜，她说，姚阿姨不做了，辞了，我们让劳务公司派新的护工了，今天就让隔壁许阿姨帮忙带一下，现在护工很难招，二十四小时不能离开医院，都不愿意干……

母亲和我说起这些时，已是一个礼拜后的周末，父亲的病房已经住满病人，我正在给父亲喂苹果泥，我的不锈钢汤匙每一次送到他嘴边，他都会条件反射地张嘴，随即，喉咙口发出"咕"的一声，无须咀嚼，他就把苹果泥咽了下去，而后，在汤匙再次送到他嘴边时及时张开空洞的嘴巴。母亲边给他修脚指甲，边与我絮叨，提到姚阿姨，她说：只干了一天就离职，要我说，还是吃不起苦，出来打工，哪有轻松的活儿……母亲的话让我心头猛地一跳，伸到父亲嘴边的汤匙不由地停住。

我感到些微的自责，姚阿姨只干了一天就逃跑了，她是不是被我吓退的？一次卧床病人的入院检查让她对护工这份工作失去了信心？是的，她要照顾病人，为病人端屎接尿，病人的吃喝拉撒全数依靠她，她还要随时领受医生、护士，以及病人家属的吆喝、质疑、指责。她不相信自己能承担起一个生命安全存活下去的日常，她只是一名来自农村的中年妇女，她没有足够的胆识和能力，她也从未尝试过这种要完全放下尊严和羞耻心的工作。可是，她还没有真正尝试，就退却了。会不会是因为我？我给她太大压力了？倘若她上岗的第一天不是遇到我父亲这样需要做入院检查的病人，倘若她没有遇到像我这样总是吆喝她做这做那的病人家属，她是不是就不会这么快退缩了？她刚扛起枪，就参加了一场艰苦卓绝的攻坚战，可是她是否知道，其实她是不战而败了，入院检查只是短暂的一个多小时，真正的战争，是病房里的日复一日。

她要是没走，我会与她说声"对不起"，而后，再一次告诉她，慢慢来，不难的，大胆去做，不用怕……可惜，我没有机会再见到她，不知道她是否会继续留在上海，让劳务公司分配给她别的工作，还是就此离开，回到她安全而又无所作为的老家去了。我也不知道，在临终医院里工作的护工们，有多少人经历过这样的挣扎和煎熬，她们又是怎么挺过来的？而我所看见的，只是她们以健壮的体格、巨大的嗓门、大刀阔斧的动作、无所禁忌的态度，以及从不会生病的健康样子，在这里过着热火朝天的主人般的生活。

我走神了，盛着苹果泥的汤匙未及送至他嘴边，待回过神来才发现，他正瞪眼看着天花板，嘴巴大张着，安静地等待着下一口久久不至的食物。我赶紧伸手：哎呀爸爸，我开小差了，对不起啊！喜欢吃是吗？好吃是吗？好，我们吃⋯⋯

我站在床头，一边给父亲喂水果，一边用眼睛搜寻护工的踪影。一个穿粉红制服的短发女人走进病房，冲着39床大声喊道：吃水果啦！不是药，是水果⋯⋯

我悄悄问母亲：这是新的护工？姓什么？

母亲摇头：我也不晓得姓什么，这已经换了第三个了，姚阿姨后面来的那个，也才做了三天就走了，这一个昨天才来，我都懒得问她姓啥了，说不定明天就不来了。说着，母亲走到父亲跟前，伸出手，拍了拍他的老脸：老薛啊，你说怎么办？都不肯照顾你这样的人，前世作孽啊⋯⋯

如同过去一样，她还是习惯于在遇到难题的时候求助于他，虽然如今的他，已经不会提出任何解决方案，她也不再抱以希望得到他这本万宝全书的答案。此刻，他只张嘴吞进我喂到他嘴里的苹果泥，"咕"一声咽下去，而后再次张开嘴巴，等待着送至嘴边的食物。

十二、七仙女

父亲住进安平医院一个星期后，他的病房就满员了，六张床上躺着六个病因不同但症状类似的病人，两名脑中风瘫痪，两名阿尔茨海默病，一名肺衰竭，一名脑溢血抢救回来的植物人。所有病床坐东朝西，西墙有一排壁橱，分八个橱格，其中六个橱门上分别写着床位号，剩下两个没有号码的橱格归护工使用。

再是一个星期后，隔壁又开出了一间新病房，新的护工就位。一个月后，二病区三层的六间病房全部开启，与父亲入院的第一天相比，这里越发显得热闹起来。俞主任说，接下去还有源源不断的病人要住进来，二层的病房也必须开启了。

三个月后，二层、三层、四层，所有的病房都住满了，安平医院二病区老年病房的床位，与很多很多"临终医院"一样，成为供不应求的稀缺资源。

另一种稀缺资源，就是护工。母亲说：今天早上去医院，进门一看，嘻，不是昨天那个刘阿姨，换得也太快了，都快凑成七仙女了。

父亲住进安平医院才半年，就经历了七名护工，与姚阿姨一样只干了一天就收拾包袱离开的有两人。一个说，给病人喂饭擦身也就算了，还要端屎端尿，这活儿我干不了，我一天都闻不得那味儿，熬不下去……这一位熬不下去的护工，打算去做专门给人烧饭的钟点工，那才是她中意的工作，她炒菜手艺不错，来上海打工时她就想好的，结果阴差阳错，进医院当了护工，便只尝试了一天就及时止损。还有一位，无论如何不肯与病人睡一个房间，说半夜三更若是有人突然死掉，她睡着了不知道，就等于和死人睡在一个屋里，这一点她接受不了，上班的第一晚，她几乎一分钟都没睡着……她也走了，她说她宁愿回到电子厂去安装配件，虽然那活儿她也干够了，八小时坐着不能动，又累人，工资还低，但是，总不会和死人睡一个房间……

"七仙女"中干得稍久一些的，是来自江苏东海的唐阿姨，她自述，到上海来打工不是为了挣钱，主要是想躲开她那又懒惰又嘴碎的男人。她以前在三甲医院干了两年护工，这回合同到期了，可是她又不想续签，因为她的儿媳妇快要生了，还有三个月，她准备再干三个月，儿媳妇什么时候生，什么时候就是她停工回乡的日子，可是原来的三甲医院不签短期工，就来了这里。

母亲说，唐阿姨很能干，到底做过两年护工，有经验，听她说话也不是没文化的人，一问，还是高中毕业。母亲很是疑惑，唐阿姨却说，做护工最好了，吃在医院，住在病房，不用自己在外面租房子，一个月工资七八千，哪里能找这么省心还挣钱的活儿？母亲却替她惋惜：就是可惜了你念的十一年书。

唐阿姨似乎很乐观：以后带孙子就有用了，检查作业，辅导学习，我大概可以。

倒也是，母亲颇为认同，也分外佩服起她来：这个唐阿姨，护理病人，对待家属，可以用一个成语，不卑不亢。

这么高级吗？我笑着问。母亲很自信地回答：那当然啊！仿佛她了解唐阿姨胜过了解自己。母亲隔三差五地学给我听，唐阿姨是怎么说的，唐阿姨是怎么做的，尤其是对付恕天骂地的39床，她才真正叫有水平。

39床老许中风后头脑不清醒，时不时地对着老伴破口大骂。老伴对她很好，只是格外啰唆，每一句话都要重复无数遍，无论是喂饭、擦身，她都不会停下持续不断的叨叨：你看看，精肉炖蛋，很好吃的，快吃啊！吃这个好，味道鲜，有营养，你最欢喜吃精肉炖蛋，我晓得，吃啊，吃吧，吃呀……脚么总归要汏的，伸出来呀嘎，不要缩进去，你不汏脚要臭死的，你的人也要发臭了，发臭了那还了得？人家会把你赶出去的，臭死了，脚伸出来，伸出来，洗脚，给你洗……老太太的嗓音近似于男声，低沉而绵长的语气，像老和尚念经，不激烈，不起伏，没有感情。老头虽是半痴呆，却也似能感知到这个不停的念经一样的声音来自何处，听得多了，就不耐烦起来，就开始骂人，骂词还很丰富，从生殖器到祖宗八代，应有尽有，十分难听。

据说，老许的老伴不是亲老伴，而是共同生活了十年的半路夫妻。据后老伴说，老许素来是擅长骂人的，在他还未生病时，稍有不满，也是张口就骂。他不仅骂后老伴，还骂他的亲儿子和亲女儿。他的亲儿子和亲女儿也与他一样擅长骂人，尤其热衷于骂他们的后母。年轻人擅用先进武器，他们骂后母，无须跑上门去扯开嗓门吼叫，短兵相接的方式已然过时，他们只需利用新媒体，远程隔空操作，就能达到羞辱和打击后母的效果。尤其是在他们的父亲住院后，后母的手机频繁收到他们的骚扰信息，他们骂她害人精，骂她独吞父亲的财产，骂她出门被汽车撞死，走在路上心肌梗死……

这位后老伴向我的母亲倾诉她的冤屈，却还保持着她一贯低沉而没有情绪起伏的语调，像是自言自语：老头子住进医院，他的一儿一女，一次都不曾来探望过，还发短信骂我。他们骂我也就算了，我顶多不理就是，总不至于跑到医院来打我。可是老头也骂我，他凭什么骂我？我天天伺候他，他儿子女儿是指不上的，他现在全靠我，还骂我，从今以后我再也不来医院，看他的儿子女儿管不管他……母亲劝慰她：他不是骂你，他都认不出谁是谁了，骂也是随口瞎骂……母亲这么一说，后老伴便接口：他现在骂我少了，比在家里的时候少，到底是生毛病的人，力气没有过去大，精神也没那么好，骂得也不凶……这么说的时候，后老伴的脸上竟露出少许欣慰之色。

可是有时候，被老头骂过一阵，又收到子女言辞恶劣的短信，她还是会说：我走了，从此再也不来了，看谁来管他。可是第二天，她还是会在晌午时分到达医院，从未见她有过一走了之的实际行动。

然而，有一天，老许的儿子和女儿终还是来了医院，不是来探望他们的父亲，而是来找他们的后母，他们试图发起一场面对面的挑战，目的是为把后母踢出老许未来遗产的合法继承人范围。正是饭后的午休时分，一对眉目相似的中年男女突然出现在老年病房，男人与老许一般粗壮，女人也与老许一般粗壮，他们一到病房门口就开始骂，骂他们的后母是"老X""老不死"，他们的父亲之所以住进医院，都是被她害的，她就盼着老头死，杀人犯、害人精……一边骂，一边还往老太太跟前冲，像是随时要把巴掌扇到她脸上一般。后老伴是个精瘦的老太太，被骂得缩在病房角落里瑟瑟发抖，别的病人家属也只敢躲在自家亲人的床边，嘴里喊着"不要吵了，有话好好说"，却不敢挺身而出拉走那一男一女。唯有护工唐阿姨只身拦在那壮年的儿子和女儿面前，不让他们扑近老太太身边。隔壁病房的护工紧着去喊医生和保安，这边厢，唐阿姨端一张椅子坐在门口，挡住门外正跳着脚骂得欢畅的儿子和女儿。病房内，躺在床上的老许半闭着眼睛，像是在打盹儿，安安静静的，仿佛压根听不见骂声，可又看着不像是真睡着了，只不过这个极度潇洒的人，能在危机降临时让自己置身事外。

儿子和女儿骂得正酣，大约三五分钟后，正打盹的老许突然睁开眼睛，许是那熟悉的骂声激醒了他几近痴呆的大脑，他眼珠一瞪，嘴角一扯，霎时间，骂声破口而出。论骂人，老许那才是真正的高手，他浪涛般的骂声巨大而又迅疾，直骂得面孔涨成猪肝色，嘴角边泛起两滴浓白的唾沫星子，喷薄而出的骂声像一把长满铁锈的巨锚，每一次抛出，都具备了要把天花板砸碎的力量。老许骂起人来，儿子和女儿加起来也只旗鼓相当，他们的骂人技术，不也是父亲传承的吗？老许的骂功，才是正版的"九阴真经"，不服不行。

保安终于赶到，足足三个，俞主任也来了，身后跟着一群女医生和女护士，发出此起彼伏的叽叽喳喳的声讨。七手八脚地，那儿子和女儿就被三个保安和一个保洁工拖走了，走的是楼梯，而不是电梯，叫骂声渐渐降低，从三楼，到二楼，直至进入空气，消散无踪。病区复又回归常态，那老许的后老伴，却不见了踪影。唐阿姨找了一圈，没找到，想她可能被吓破了胆，逃回家了，只能等明天她来了再和她提一下，这个月的护理费，到了该付的时候了。

然而，后老伴整整一个星期没再出现，看来这一回，她的心终于是被骂碎了，医院也失去了安全性，她是下了决心吧？说过无数遍"从此再也不来"的话，终于要实现了。

那一个星期，老许孤独地躺在病床上，没有人来探望他，他却维持着正常的生命体征，撒尿、拉屎、吃饭、洗漱，唐阿姨全程护理。老许纵使孤独，却也还是不忘天天骂人，后老伴不在眼前，也不晓得他骂的是谁，只见他对着空气口吐淫言秽语，只骂得滔滔不绝、气势如虹，直到有一回，骂着骂着，突然哭了，号啕大哭。唐阿姨走过去，看了他一眼：老许，哭啥？

他哭得涕泪横流，还不忘哽咽着骂。唐阿姨却笑了，笑着对他说：你这就叫可怜之人必有可恨之处。那老许看了一眼唐阿姨，呆怔片刻，扭过脑袋，闭上眼睛，像是羞于被唐阿姨注视一般，竟不再骂下去。

我的母亲正烦恼，因为邻床不断骂人，又不停号哭，搞得老薛被带动着，也"哇哇"地发着不知所云的声音，状态可谓亢奋。母亲说，你爸爸肯定是在劝架，以前有人吵架，都会请他去调停，他口才好啊，会讲道理……唐阿姨说的那一句"可怜之人必有可恨之处"，让母亲大为吃惊，她当即冲她竖起大拇指：唐阿姨，说得好！你真厉害，这话都晓得。

唐阿姨摇头叹息：这种当爹的，怎么教得好孩子？他现在受苦，是他自作孽……

一个星期后，后老伴重又出现在病房里，还给老许带来了"人参果"。老太太把果肉挖出来喂到老头嘴里，老头看着她，一扭头，不吃。老太太说：为啥不吃啊？不甜是吧？你血糖高，不能吃甜的，我就是买不甜的水果给你，你吃呀，你怎么不吃啊，你快点吃呀嘎，吃了还要给你洗脚，你的棉毛衫也要换了，换下来了我还要给你洗，你身上都臭了，你自己闻不出的吗，你……老太太还是啰唆，缺乏感情色彩和情绪起伏的语调令旁人听来也莫名地烦心。然而，任凭后老伴持续唠叨投喂，老许却终是闭着嘴，不肯吃水果，却也没有再骂人。

就是那次被唐阿姨说"可怜之人必有可恨之处"后，再没听老许骂过人，你说唐阿姨厉害吧？我的母亲带着满脸的欣赏和喜悦对我说。可是我却怀疑，唐阿姨的一句话其实并没有这么神奇的功效，老许不再骂人，只不过是脑子变得更坏的一个症状，他的痴呆越发严重了，他是把许多储存在脑中的丰富的骂词弄丢了。

不过，唐阿姨是真的厉害，她已经完全赢得了我母亲的心，她一心希望她做下去，劝了很多次，依然没有劝动她。这个本是为了躲她的懒惰而又嘴碎的丈夫的女人，现在为了可爱而又充满希望的孙子，还是走了，回她的江苏东海去了。唐阿姨护理了我父亲三个月，我还清晰地记得她的长相：白皮肤，圆滚脸，脑后拖着一把毛糙的马尾，脖子不长，腿也不长，声音呱啦松脆，嗓门亦是如同所有护工一般响亮。

唐阿姨走后，来了第七个护工小马，江苏盐城人。至此，我的父亲已经经历了六名护工，好在这一个小马，总算做足了一年。

安平医院老年病房总共三个楼层，刚开张那段时间，护工几乎全是新手，新护工又频繁更换，一时间无法形成专属于护工的语言系统。她们直截了当地把死亡叫作"死"，而非"升天"；病人家属喊她们"X阿姨"，她们相互之间便也这么称呼，而非以"小张""小彭""小丁"互称。很多护工还没培养起面对死亡的正常心态，就匆匆逃离了。直至一年以后，相对稳定的护工群体才渐渐建立起来。那些坚持下来的护工，有的天性乐观，有的是看在挣钱的份儿上，她们的业务自是越来越娴熟，还日渐地培养起了良好的卫生习惯，在与病人日复一日的斗智斗勇中，她们的能力在增长，同时增长的，是与病人家属周旋的智慧，或者叫心机。她们还找到许多生活的乐趣，譬如，网购一个泡菜坛子，悄悄地藏在操作室的桌子底下，坛子里装着她们给自己做的泡菜，腌的萝卜；在食堂提供的统一餐食之外，她们想着法子给自己加菜，虽然只是用操作室里的微波炉蒸个南瓜红薯、煮个毛豆玉米，但她们吃得津津有味，还不忘相互赠送，相互传授经验。她们利用睡前的一丁点儿时间织毛线袜，刷手机淘宝，网购花花绿绿的打底衫。她们很少买外套，因为她们必须穿制服，好看的外套没有用武之地。每每看到她们在操作室里挤作一团，人手一块刚出微波炉的红薯，吃得热气腾腾、笑声四起，我总会想，她们真的是热爱生活的一群人，在老年病房极其有限的空间和条件下，她们力求扩大生活的自由度，那是属于她们可以把控的幸福吧？

她们还探索到了更多的生财之道，譬如清洗病人的衣物，内衣、单衣两元一件，夹衣、厚衣四元一件，价码是她们自己开的，没有人漫天要价，家属也乐于接受。她们甚至学会了给逝去的病人穿戴寿衣，那是好几位从别的医院调来的"老"护工带来的"规矩"。一旦病人去世，家属可以请几位护工一起帮忙给逝者穿衣，但凡参与的人，家属要给她们每人两百元劳务费。这是一桩集体力、技术、精神为一体的颇为讲究的活儿，并非所有护工都愿意干，然而，"老"护工的表率作用，以及仅用二十分钟就可以赚取两百元钱的可观收入，终是令护工们练成了百无禁忌的心理素质。"老"护工说，在她原来上班的那个医院，都抢着干这活儿，谁护理的病人"升天"了，谁就会喊来和她关系好的那几个，下一回，她们手里的病人"升天"，自然也会分享发财的活路。

"老"护工带来了新规矩，还带来了成熟的语言，那以后，她们渐渐学会用"升天"来替代"死"，这个浪漫而又神圣的词让她们在给逝去的病人穿衣的时候不再觉得恐惧。父亲的第七个护工小马就是这么说的：这词儿谁发明的？真好！昨天半夜十二点多，隔壁30床突然没了，金梅喊我去帮忙穿衣裳，我有点怕，金梅说怕啥，人家升天了，我们是送人上天，做好事儿，积德的，金梅一说"升天"两个字，我就不害怕了，你说怪不怪？

我看着小马几近粉红的脸蛋，笑着说：就是，"升天"是个好词。

小马刚来一个星期，就遇到隔壁病房有人升天，小马因此而迅速成长为一个能以平常心面对死亡的护工。小马也是老年病房第一个被叫作"小X"的护工，因为，小马长得实在是不够像一位年长的"阿姨"，如我母亲这样的病人家属，自己已是古稀之年，又如何能张口喊她一声"马阿姨"？

其实小马也不年轻了，起码四十朝上，可是小马长得年轻，两条又长又直的腿，高挑的个子，没有丝毫发胖趋势的身材，脑后还高高地吊着一捆粗壮的马尾辫，辫梢带着烫过的大卷，鹅蛋脸，大眼睛，长得还挺标致，皮肤是白里透着一点儿红，不凑近仔细看，看不出眼角的几缕鱼尾纹。她走路还"嗖嗖"带风，行动很是敏捷，没有一丝中年妇女的迟缓和懒散。她最爱干的事儿是刷手机，只要没有病人或家属召唤，她就顾自坐在病房一角，埋着脑袋，盯着手机，额前的一丛刘海掉下来，完全盖住了她的眼睛。倘若不说话，她那样子，就像一个沉迷于手游的宅家少女，还挺洋气。可是，只要有人喊她：小马，帮我打盆热水。她一抬头，苏北腔普通话张口而出：做什捏？打开水？好的！而后一蹦，从角落里跳出来，"嗖嗖"带风地跑去操作间，瞬间打回一盆开水，偏着脸躲着盆里升腾而起的热气，一边大喊：来了来了，烫死脱人捏……这种时候，她就不再像一个看起来有点洋气的宅家少女了，倒像一个刚来大城市没几天的乡下女人，学到了城里人穿衣打扮的一点皮毛，苏北口音的大嗓门却还没来得及改掉，对一切都饱含着高涨的热情。

然而，一个月过去了，两个月过去了，她依然是这般的做派，低头刷手机，"嗖嗖"地飞去操作室，"嗖嗖"地飞回病房，满嘴苏北普通话，开口就是大嗓门，永远像是在自家村里说话。似乎，她在病房里过得很是恣意，从不担心劳务公司监督员来突击检查，也不担心病人家属投诉她不主动干活只晓得刷手机。她干活还粗糙，我的母亲总在我面前抱怨：这个小马，太马虎了，我上午一到医院就问她，老头有没有拉过屎？她说，昨天下午五点多拉的。我问，拉完屎你给他洗过吧？她说洗过了。结果呢，我拿湿巾一擦，一片黄，昨天拉的屎呀，我怀疑她根本就没给老头洗，一晚上了，你说，我怎么能信她……我对母亲说：小马的确粗糙，这是她从小在农村养成的习惯，她是需要督促的，发现问题你就告诉她，让她改进嘛。母亲却说，已经很多次了，我每次都给她指出来，她总是回答我"有数了有数了"，还"嘻嘻"地笑，下一次，还是老样子，屡教不改。

小马最标志性的表情，就是冲着你"嘻嘻"地笑，表扬她动作迅捷高效，她"嘻嘻"地笑；批评她工作马虎粗糙，她还是"嘻嘻"地笑。她要么埋着头沉迷于手机，要么就是"嘻嘻"地笑，好像，这世上，就没什么让她不满意的人和事。

小马在老年病房的生活过得越发有滋有味起来，她学着"老"护工的样子，给自己买了一个泡菜坛子。早春时节，儿儿菜正上市，她托39床的老伴带来整整一蛇皮袋，洗干净，切成小块，拿到楼顶平台，在挂满病人衣被的架子下铺开塑料单子晾晒。那几天，倘若上平台，就会闻到一股复杂的气味，除了肥皂、洗衣粉、消毒水气味，还掺杂着一缕缕蔬菜香。儿儿菜晾干了，小马把它们装进泡菜坛子，然后一股脑地加入盐、花椒、辣椒、茴香，七七八八的调料一大把，一个礼拜后，小马的一日三餐里就会多一样她自制的下饭菜。又是一个礼拜后，她的下饭菜只剩下半坛子，与此同时，她的第二批儿儿菜已经托39床老伴买来，新的咸菜又要开做了……那些日子，小马身上总是飘着些许咸菜发酵的气味，有人问她，她会说：我就是爱吃咸菜，好吃得不得了，要不要尝尝？

护工的吃饭时间比病人早半小时，一到饭点，小马就先把自己的饭吃完，而后带着一身咸菜味儿开始给病人拿饭、打浆、喂饭，一边喂，一边还要说：老薛，今天胃口好不好啊？要不要尝尝我的咸菜？保你一口气干掉三碗饭……小马就是这样，说话不过脑子，老薛都吃不下干饭了，自从三个月前呛咳了一次，老薛的饭和菜都要打成浆糊才能给他吃，怎么能吃她那一坨坨硬邦邦的咸菜？不过，小马话是这么说，但她不会真的给老薛喂她做的咸菜，她就是没话找话，嘴不肯闲着，一副兴头头、乐陶陶的样子。这也未尝不是一件好事，要是遇上个怨妇型的护工，天天板着一张死鱼脸、愁苦脸、怨愤脸，那还不如多看看虽然干活粗糙但整日笑嘻嘻的小马。

有一回，我的母亲敌不过小马坚持不懈的推荐，终于尝了一口她的咸菜。臭咸臭咸的，母亲对我说：我硬着头皮吃下去，再也不敢吃第二块。可小马还是热情地推荐着，"好吃吧？再吃，吃吃吃，还有一坛子呢"，也不管老薛的老伴皱着眉头一个劲儿地说，"不了不了，不吃了"。

小马就是这样神经大条，好像，她就没有烦恼的时候，热火朝天地过着每一天，粗粗糙糙地干着护工的活儿，不为他人的评价生气，不为二十四小时不离病房的生活发愁。

可是有一天，小马突然哭起来。那是一个周六的下午，我正给父亲喂水果，小马本是坐在角落里埋头刷手机，忽然她的电话响了，小马把手机贴上耳朵，一张嘴，扯开嗓门大喊一声：什捏？啊？粉红色的脸霎时紧张不已。两分钟后，电话挂断，小马开始在病房里打转，一副六神无主的样子。我问了一句：怎么了小马？她突然"哇"一声就哭起来：我哥哥死了，癌症复发，刚死……小马一急，忘了要把"死"说成"升天"。我想劝慰她，可又不知道说什么，倘若告诉她"生老病死，人之常态""人死不能复生""活着的人要好好活"，那就是废话，她在临终医院工作了好几个月，又何尝不是已经把这些道理融入了生活理念？她的实际行动证明了，她早已超越我们，成为乐观主义和实用主义的践行者。可是，再是乐观的人，在面对亲人死亡的时刻，依然还是会伤心，会痛哭，这也是人之常情，我要怎么劝她才显得没那么不合时宜呢？

我的母亲对小马开启了她的劝导模式：是你的亲哥哥吗？也是可怜的人，小马你也不要在这里哭了，快点买票回家，回家好好哭，送送你哥……母亲的话让我想起，在我们浦东地区，"哭"是一种为逝去的亲人送行的仪式。我还清晰地记得，外公去世，葬礼足足持续了一整天，主事的长辈每隔一个小时就会提醒逝者的家人：你们几个囡，去灵台前"哀"两声吧……我母亲得令，立即率领她的四个妹妹、两个弟媳，一窝蜂地涌到外公的灵台前，一时之间，绵长、婉转抑或高亢的哭唱声四起。细听，那此起彼伏的哭唱里有故事、有细节，还有议论，每一张嘴里唱出来的都是一篇文章，有散文、记叙文、议论文，甚至，有诗歌。大约持续二十分钟，主事的长辈一声令下：好了，磕头吧。此话一出，就是这一章节暂告段落，只等一个小时后，主事的长辈再次发话：你们几个囡，好去"哀"两声了……一天下来，逝者的女眷，大约要哭上七八回。哭是一种仪式，在母亲的眼里，没有哭声的送别，绝不是完美的葬礼。所以，母亲认为，小马在病房里哭的意义并不大，她需要回到她的故乡，在她哥哥的灵台前好好地哭，以此送别亲人。

可是小马哽咽着说：来不及了啊！明天就要烧人了，今天不回去就赶不上了，我要怎么回家啊？不晓得现在还有没有车……小马如此直截了当的说法很是令我惊诧，却也忽然让我明白过来，她的哭，也许并不是完全因为亲人的去世，哥哥患了癌症，这在她，不是突然得到的信息，死亡应该是她预料中的结局。她哭，更重要的原因，是突然发生了一件她无法把控的事情，她要赶回老家参加哥哥的葬礼，这需要立即动身，可她不知道是否还能赶上当天的长途汽车，并且，她也不知道该如何快速交代医院里的工作，一旦离开，她的病人就需要托付给别的护工。从接到老家来电的那一刻起，局面超出了她的把控能力，于是她哭了。

接下去，整个老年病房的护工和家属都行动起来，有人替她打电话查询长途汽车的班次，我打开手机搜索有没有直达她老家的高铁，终于有人为她买到了这一天的最后一班长途汽车票，需要立即动身了，别的病房的护工们都跑来自觉地替她分配她的病人。她急着装行李，却不知道要装什么，最后把她那个泡菜坛子里的咸菜全部捞了出来，塞满两个密封盒，装进了拉杆包。她拖着行李一路碎步跑出老年病房的时候，依然保持着哭哭啼啼的样子，我想，她还沉浸在无能为力的惊恐和悲伤中。可是，即便在无能为力的时候，她依然记得要把她的咸菜带回老家。是的，对于小马而言，面对死亡已然是种常态，赶上那场为死者送行的仪式，才是更有意义的，才是她内心所需要的某种精神寄托吧？

一个星期后，小马回来了，她送走了因病去世的哥哥，回到老年病房，继续过上了她热火朝天的护工生活。我没有在她脸上看到一丝悲伤的余痕，她还是那个爱扯着嗓子大声说话整天嘻嘻哈哈的女人；空闲的时候，她还是喜欢坐在病房的角落里低头刷手机，额头上的一撮刘海掉下来，严严实实地挡住她的眼睛，这使她看起来像一个沉迷于手游的宅家少女；她的泡菜坛子里，还是装着应季蔬菜腌制的咸菜，千篇一律的医院盒饭因此而变得美味丰富了几许；她依然不介意别人的评价，在受到赞美或者批评的时候，全都回以"嘻嘻"的笑，仿佛这世上，就没有一件让她不满意的事。哥哥的病逝并没有改变她的生活态度，我不知道，那是她在临终医院里练就的素质，还是她具有天然乐观的性格。

后来，我以小马为原型，写了一部中篇小说，我的好朋友、女作家走走读了之后给我发来消息：读完小说，我发现，我现在不怎么怕"死"了。走走的反馈让我感激而又欣慰，虽然，我无从获知她这种不怕"死"的感觉从何而来，但我知道，临终医院里的护工，都是不怕死的，不怕面对死，不怕走近死。

一边是等待死神的病人，一边是努力生活的护工，这就是她们让我始终怀有信心的原因吧？尽管，很多时候，她们不能让病人家属完全"满意"，可是为了家人，我们需要与她们"愉快"地相处。更多时候，在夹缝中偷取欢乐与幸福的她们总是处于违规的边缘，她们的名声因此而不太好，她们常常成为社会新闻传播中的反面角色，偷奸耍滑，偷工减料，虐待病人……可我还是无法忽视我在她们身上感受到的饱满的活力，以及巨大到近乎浩瀚的能量。也许，很多时候，我们正被她们感染着，是的，我们与她们，终是处于相辅相成、相爱相杀的关系中，我们相互需要而又相互苛责，相互依存而又相互排斥……即便这样，我还是喜欢她们，喜欢与她们"累"

并快乐地相处，喜欢看她们热火朝天地干活的样子，喜欢听她们拔着嗓门说话的声音。她们让我感觉，死亡是一件不值得放在眼里的事。

十三、他忘了我七年

2020年1月1日，元旦，去医院探望父亲，一如往常。

他在"临终医院"里迎来了第五个年头，崭新的日子近乎刻薄地呈现在他面前，冷酷而又务实地告诉他，时光正在前行。是的，他已经在医院里生活了五年，五年间，他经历了两所医院，九名护工，三名主治医生，无数名同室病友，无数次西医治疗和中医理疗，无数个一模一样的日日夜夜。这五年里，他的心脏始终平稳跳动着，他的一日三餐从未空缺，他拥有吃喝拉撒一应俱全的生命体征，他皱眉、咂嘴、挤眼睛；他咳嗽、打嗝、放屁；一切可以被我们发现的动静，他都让我们看到以及听到。可是，他不认识任何人，他不接纳所有人对他的亲昵、撒娇、调侃、呵斥，我们传递给他的一切情绪和行动，爱他的、恨他的、舍不得他的、怜惜他的，他一概不能领受。他不断发出的啸叫声也从无任何深意，抑或，那些叫声是有内容的，只不过，我们无法听懂。是的，他在一张病床上耗掉了足足五年时光，这五年中，我的儿子考上复旦大学，本科毕业后，又直升本校硕士研究生，开始了他金属材料专业方向的课题研究……

时光落在年轻人身上，是发动机、助力泵，是催化剂、加速器，年轻人在时光里前行、上升，在时光里付出、获得，在时光里追逐梦想，以及实现价值。然而，时光落在他身上，却是静止的，时光无法在他的生命里流动起来，他在静止的时光里活着，活得很慢很慢，以至于我们都觉得，他这个人，也是静止的。

每一次去医院探望他，我都觉得他一无变化，他已经没法变得更老，他已经在谷底，无法跌得更低。我已经习惯了这样的情形，那个病床上躺了五年的人，在我每一次呼唤他"爸爸"的时候，以散乱的目光和无一例外的沉默回答我，这就是我的父亲，他以静止的方式活着，我总以为，他会一直这样活着。

然而，我还是发现他在衰老。有一次去医院，母亲告诉我，前几天在他嘴里发现半颗断牙，不知道什么时候掉的，也不知道他以前掉的牙齿都去了哪里。于是我伸出手，轻轻掀开他的嘴唇，只见他黑洞洞的口腔里，几粒零星的牙根裸露于萎缩的牙床。他的牙齿已经所剩无几，我们没有与他一起经历每一颗牙齿的掉落，它们大多"失踪"了。还有一回，护工小倪告诉我，最近喂他吃"浆糊"，很容易呛咳。这让我想起医生的话，阿尔茨海默病发展到后期，吞咽功能也会逐渐退化，直至失去。现在，他还能在我们把食物送到他嘴边的时候张口，等到他连"吃"都不会的时候，我们就要接受医生的安排，使用"鼻饲"的方式给他喂食了。不知道那一天什么时候到来，可是，总会到来的，我明白。

时光并没有停止，他还是在一点点衰老，只不过，他不再用日渐深重的遗忘、皱纹、白发，以及老年斑来彰显衰老。他的记忆已经清空，他已无所遗忘；他的皱纹、白发、老年斑已经停止发展，他的面容已老无可老。然而，衰老还是在继续，那些掉落的断牙，也许被他默默吐掉抑或吞下了；他呛咳的次数似乎比过去多了一些，护工小倪已经开始喂他更稀的食物，半流质、流质；还有，他那双可以自主弯曲着拱起来的膝盖，母亲说，不知道哪一天开始，竟已不能回复到放平的姿势，而我，因为从不掀开盖住他下半身的被子，便也从无机会看见……他衰老的行迹越发隐匿而讳莫如深，仿佛，衰老是一件令他感到羞耻的事，他必须隐瞒着我们，以轻易不被我们发现的方式，悄悄地老去。

我对着他，轻轻唤了一声，爸爸！

他混沌的目光注视着天花板，他不理我。母亲在旁边插话：老薛，囡嗯来看你，认得吗？每一次我去医院，母亲总会对他说这句话，明知他不会有任何反馈，却还是重复地说，似是为安慰我，亦似要用"女儿"这个强有力的符号去激发他，哪怕他能给我一缕目光的扫视，她都会中了彩票一样欢喜到雀跃：哎呀，听懂了听懂了，看你了哎，囡嗯来了，到底不一样，我喊他，他理都不理的，他就只会欺负我……可是大多时候，他也不理我，他在我们的千呼万唤之下，可能只是滚动一下他那双浑浊的眼球，而后，呆滞的目光移向窗外，定格，再也不动。窗外，是茫白的天空，以他平躺的位置，甚至无法看见对面小楼的屋顶。所以，在他眼里，这世界会不会就是一片茫白？

冬日午后的阳光隔着玻璃照进病房，照在他临近窗户的床上，暖洋洋的。我要给他做水果泥，一个阿克苏冰糖心苹果，一个赣南橙，混合果泥很甜，有股花果清香，我想，他会喜欢。可是最近医生给他测血糖，略高，母亲与我商量，是在果泥里加水呢，还是吃完果泥给他多喂一点水？我们站在床头柜边轻声讨论，他平躺在床上，安静地眯着眼睛，似睡非睡的样子，又仿佛在偷听我们说话，偶尔还会看我们一眼，煞有介事的眼神，嘴角还会抿一抿，几乎要笑出来的表情。是的，倘若他还健康，他一定会笑出来，一边笑一边还会说：你们啊！真的是自欺欺人，不管是果泥里加水，还是吃完果泥多喂水，水果的量不减，摄入糖的含量就不会减少，所以呢，天下最勤劳善良的女人，为什么都少根筋呢？说到这里，他一定会哈哈大笑，笑着继续：不过，天下最勤劳善良的少根筋的女人对我好，那是真的……

这是我的想象，以他在我记忆中开朗的样子，我觉得，他一定会说这样的话。这么想着，我对躺在床上的他喊了一声：爸爸，你说呢？我觉得，还是吃纯粹的水果泥比较好，果泥不掺水才好吃，对不对？大不了少吃半个苹果，爸爸你看怎么样？

他没有回答我，可是我猜测，如果能回答，他一定会说：那当然，吃水果就吃水果，加什么水啊！血糖高与不高，对我这样的人来说，又有什么影响呢？在漆黑的夜空里多涂一层黑色颜料，难道夜空还会更黑？

我确信他是敢于直面现实的人，他给我的印象，总是勇敢而达观，虽然，那些印象，也正变得越来越遥远。处女座的母亲却有些担忧，她认为，给他吃加水的果泥，是为他好。她当然是为他好，只不过这个好，是医生认为的"好"，是指标上的"好"，是检测数据的"好"，而非他感觉到的"好"。可是，什么才是他能感觉到的"好"？我无从获知答案，只能由着我对他的记得、对他的想象，以及来自基因的感觉，推及他所能感觉到的"好"。是的，很多饮食爱好，很多肌体感受，我与他很像，我们都喜欢吃脆脆的、有嚼劲的食物，菜花梗、白菜帮、硬毛桃、白米粽；我们还喜欢啃鸡脚、鱼头、鸭脖子；我们都容易招蚊子咬，一到夏天，我和他，我们的口袋里，一定都有一盒我的母亲、他的老伴为我们准备的龙虎牌清凉油；我们还都有一点酒量，喜欢花雕胜过葡萄酒……我们有很多很多共同点，我们也有很多很多不同，可是任何时候，他都愿意放下自己，来成全我，成全他的孩子，他就是这样的人啊！所以，我认定他不喜欢吃加了水的果泥。

在我的坚持下，母亲终于答应喂他吃纯果泥，虽是随了我的意，却还要说：和你爸爸一个脾气，笑眯眯的，却不肯退步，犟！

离过年还有两个星期，我与母亲商量，今年春节，弟弟他们一家回上海过年吧？我要随先生回他四川的老家，看望我的公公婆婆，陪老两口过个年，都八十多了。母亲有种恍如隔世的突然，因为离得远，她大概从未有机会想到，我还有公公婆婆要赡养，抑或，她为了她的老伴付出了全身心，早已无暇顾及别人。然而一经提及，母亲立即开启了她感同身受的慨叹：是啊！你公公婆婆都八十多了，以后生活不能自理了，要怎么办？送养老院吗？四川那里的养老条件比上海差吧？护工也没我们这里规范吧？所以呢，我想想，你爸爸真的是有福气的人，当年他要是不来上海，哪儿会有后来的生活？哪儿会有你和弟弟呢……说到这里，母亲笑了，带点羞涩的笑。她漏掉了关键的细节，她没有把他们相遇的那一节说出来，我猜她是故意的，她就等着我来说吧？就像一个不好意思上台领奖的获奖者，需要别人推搡着、鼓动着，才扭捏而又喜滋滋地上台。于是，我替她重新梳理了一遍：倘若当年爸爸没来上海，他就不会在曹镇农具厂遇见老妈你，后来也就不会有机会娶一个上海女人做老婆，再后来，也不会有我和弟弟……母亲笑得眯起了眼睛：是的是的，他要是一直在沙洲乡下，怎么会遇到我呢？他一定会讨一个当地的农民做老婆，再给他生几个农民儿女，兴许现在还在乡下种地呢……

母亲的假设有些夸大其词，过去的沙洲，正是现如今的张家港，江苏省苏州市辖下的县级市，全国最富有的城市之一。倘若我的父亲没来上海，也许他在改革开放后的故乡也能有所作为，开一爿作坊、小工厂，甚至成为一名企业家，也许，比在上海更有奔头，更有成就。可是，谁知道呢? 生活不会给他重新过一遍的机会。正因为无法重来，母亲便要为她的爱人假设一个结果 —— 那条他不曾尝试踏上的人生之路，远不能与他真实的生活匹敌，他之所以如此幸福，只因他做出了正确的选择。她在这样的假设中自洽、满足，是的，来上海是他人生的转折点，而她，才是他最精彩的章节，她是他五十多年的陪伴者，是他人生故事里的第一主角，她因此而骄傲，并且因了自己忍耐不住地要骄傲而感到羞涩。

母亲骄傲而又羞涩了片刻，终是把话题又继续了下去：一晃，几十年过去了，你爸爸在沙洲乡下的亲人，只剩了你姑妈一个，你大伯、二伯都不在了，你爷爷奶奶早就没了，可是现在这样的状况，你姑妈和你爸爸，他们姐弟俩也见不上面……

我和母亲闲聊着，他就躺在病床上听着我们说话，不管他是否真的能听见，我也愿意认为他是在听我们说话。我的母亲，常与沙洲乡下的姑妈通电话，她向他唯一在世的同胞姐姐汇报他无言的人生状况，两个老女人在电话里道尽了家长里短，回忆了无数遍他十六岁之前的少年往事，哭过很多回，笑过很多次，每一次都以相互叮嘱保重身体作为通话的结束语。我问母亲：姑妈有八十多岁了吧？你最近和她通过电话吗？她好吗？她还种自留地吗？还去参加公路所招募的绿化带维护工作吗？还能带孙子吗？

正说话，却看见身侧病床上的人徐徐张开嘴巴，越张越大，鼻子也皱了起来，而后，眼睛一闭，猛然喷出两个字：阿——姐——

我一惊，立即看向母亲，母亲也看向我，我们呆怔了片刻，又同时看向他。他已闭上嘴巴，安静地躺着，没有任何表情。我们终于反应过来，刚才他张嘴喷出的两个字，是"阿——嚏——"。

母亲赶紧伸手给他掖被子：怎么了？感冒了？不会吧？房间里很暖啊，空调开着的……我却不知道要说什么，仿佛怕他真的想念他的姐姐，而我们却又无能为力，于是左顾右盼。可是，即便他真的想念他的姐姐，他也会说：只要阿姐蛮好就可以，一大把年纪把她送来看我，没必要！我就打了个喷嚏，你们紧张什么呢？一点点小事，搞得天要塌下来一样，真不晓得我升天的那一日，你们要紧张成什么样了。其实，升天一点儿都不可怕的，我住了五年医院，见过太多人升天。我最不喜欢拖泥带水，到时候，我只要清清爽爽、干干脆脆地升天，不给儿子女儿添麻烦，也不让老太婆受累……

　　我再一次想象他会这么对我们说，以我对他的了解，以及来自基因的感觉。这么想着，突然一激灵，我惊异地发现，"死亡"终于进入了我对他的想象。是的，虽然死亡随时在威胁着这个病区里的所有老人，可我似乎总在回避，我与母亲，我们眼见着别人的死亡，谈论着别人的死亡，但我们从未谈及他与"死亡"的关系，而我，常常思考着具象以及抽象的死亡所涉及的伦理、人性，以及哲学，却从未想过，要把"死亡"这件具体的事落实到我的父亲身上，不去想，不去讨论，不去做真正的准备。直到片刻之前，很突然地，我让想象中的他提及自己的"死亡"。我霎时惊觉，那一天真的随时都会到来的。当死亡真的降临到他头上时，我能做些什么？我应该做些什么？我并不知道，或者说，我依然没有做好我的父亲果真要面临死亡的准备，行动上、心理上，全都没有准备好。

下午四点，我要回家了，我凑到他耳边说：爸爸，拜拜，下个礼拜再来看你，再下个礼拜就过年了，过了年，你就七十八岁了。

他散乱的目光划过我，未有停留，他还动了动嘴唇，却没有发出任何声音。这当然是一贯的状态。于是，我和他说了声"再见"，转过身，向病房外面走去。我想象，他是看着我离开病房的，用疑惑的目光，还伸出手，指着我的背影问母亲：那个小姑娘，她是谁？

母亲说：哎呀，是囡嗯啊！刚刚还和你说"再见"的，你怎么忘了？

那是他刚发病时的一幕，那个春天，他像一个赶考的书生，正快马加鞭地向着遗忘的考场飞奔。为了陪伴他，我在父母家里住了多日，这一天，我正准备出差，因为一趟采访任务。母亲牵着他送我到门口，他们站在一楼的院外看着我。我对他说：爸爸，我去上班啦，过几天再来看你哦，拜拜！

他举起手，扬了扬：好的，拜拜。我转身，迈步，背着双肩包，向小区门口走去。走出十多步，并不远的距离，听见身后传来他的声音：那个小姑娘，她是谁？

母亲似是受到惊吓，大声喊起来：哎呀，是囡嗯啊！刚刚还和你说"拜拜"的，你怎么忘了？

心头猛然一颤，我立即止步，转过身，对着远远的他大声喊道：爸爸，爸爸，是我啊，囡嗯，和我说再见啊!

他看着我，一脸茫然。

那一幕，已是七年前的往事了，他已经忘了我七年，真快。

十四、送走他们的她们

　　庚子新年到来前最后一个周末，我与我的先生一起去安平医院探望父亲，明天，我和先生就要启程去四川南充，去陪他的老父老母过年。这是过年前最后一次去看他了，先生驾车，我便有闲暇一路看景。路上交通很是通畅，没有堵车路段，先生说：这就已经有过年的气氛了啊！

　　在上海，过年的气氛与众不同。上海的"过年"并不体现在"声色"上，不是张灯结彩，也不是爆竹轰响，更不是沿街喧喧嚷嚷的市集以及拥塞的赶集人群。因为，上海的每一天都霓虹闪烁、灯火辉煌，并且，这个城市的外环以内不允许燃放烟花爆竹，至于市集，大约早就被大型商场和商业步行街替代。过年的气氛，在于上海，就是日渐"安静"，最显然的，就体现在市内高架路上。临近过年的日子，在上海打拼的金领、白领、蓝领们纷纷涌向机场、火车站，踏上回乡的路途；上海本地居民也改变了传统的过年方式，他们早已订好了欧洲、普吉岛、三亚的酒店或度假村，或者正准备登上开往南极的游轮，打算在旅途中迎来新的一年。哪一天上海的高架路上不再堵车，市内交通变得通畅起来，南京路上也不再人头攒动，街道变得日渐空旷清寂，那就是快过年了。

汽车在中环高架上毫无阻碍地飞驰，经过张江高科技园区路段，一如既往地看向那对"谈恋爱的年轻人"，此刻，他们当然还是坐在屋顶边缘，四条腿荡在半空，因为危机四伏而显得格外浪漫。女青年的头发照例飞扬着，男青年也还是低垂着他那张年轻而羞涩的脸，他们似乎在探讨什么，也许是关于两个人的未来，永无止境而又永不过期的未来。是的，他们有着从不衰老的身心，他们还有从不褪色的爱情，他们谈着永远的恋爱，把彼此的爱意昭然于蓝天之下，可是他们又显得那么甜蜜而欲言又止，因为彼此相爱，他们羞涩，并且坦然……这才是最美好的爱情吧？有所表达，有所保留，有所期冀，有所克制，最最重要的是，长久到没有止境……不知道为什么，每每经过那里，我总想多看他们几眼，并且，总会悄悄地、蓦然地，在心里感动那么一小下。

半小时车程，到达医院，进病区。感觉老年病房里也有了些许过年的气氛，安静的、上海式的过年气氛。不少护工回老家了，以往充斥病区的聒噪声和吆喝声变得稀落，只听见几声病人的呻吟，以及充满痰气的咳嗽。父亲病房的护工小倪没回老家，但因为隔壁病房的护工回乡了，她一人承担了两间病房的护理工作。

小倪是父亲在安平医院的第八个护工，大约四十多岁，长得白白净净，不多话，属于埋头苦干型。母亲对她甚是满意，在我面前多次提到，小倪踏实，小倪肯干，小倪对人态度好，不训病人……算上曹镇社区卫生服务中心的小彭，第九个了，小倪终于成了母亲心目中的完美护工，我们都为父亲感到庆幸。

进病房，就见我的父亲躺在靠窗的36号病床上眯着眼睛假寐，嘴里发出不明所以的"哼哼"。靠近门口的是41床，植物人，身上插满了管子，床头的仪器上闪烁着一些有关心跳、血压、血氧度的数据。据说，他这样无声无息地活着，已经活了五个年头，最近一年才住进了医院。床边，他满头白发的老妻背朝门口坐着，始终抬头注视着床头的检测仪，仿佛，通过那一台仪器，她能看见他活着的一切声息，有关他的生动的、寡淡的、传奇的、平凡的故事，全在仪器发出的有节奏的"嘀嘀"声中演绎。

紧挨着的是40床，一位落单的女病人，因为女病房满员，她暂时安顿于此。这一位，仰靠在床上，正被两个女儿不厌其烦地伺候着，吃、喝、拉、洗；再来一遍，吃、喝、拉、洗……她旁边的39床刚空了一天，原先的39床，那个最爱骂人最后却不再骂人的老许，前一日半夜"升天"了，后老伴把他送走后，床位空了出来，新的病人很快就要进来。

靠近父亲的是37床，鼻子里接着氧气，床头柜上放着一个掉漆的搪瓷水杯，还有一盒光明牛奶。他是街道送来医院的孤老，据说年轻时是体校的自行车运动员，退役后当了教练，不知道为什么，一辈子没结婚，当然也没有子女。后来，退休了，再后来，中风，生活无法自理，进了医院。在老年病房，他是少有的没有亲属来探望的病人，床头柜上永远只摆着一个搪瓷水杯，没有水果、没有零嘴，更没有营养品。有时候，病友家属给自家老人喂水果的时候，送他一个苹果或一块西瓜，这一日，他便有水果吃了。有时候，护工会把别人吃不完的熟透的香蕉或芒果分几个给他，小倪说：这不算违规吧？说实话，他没有家属，我才敢这么干，别的病人我可不敢，家属会投诉，说我们给病人乱喂东西，要扣钱的……是的，他没有家属，没有人给他送水果零食营养品，也没有人为他的遭遇声张，别人吃水果的时候，他只能无声地看着，他的确活着，却没有人在乎他是怎么活的，只有护工知道。于是，护工自作主张把别人剩余的残次水果分给他吃，这在于他，是一件好事吧？可我还是担心，万一被家政公司领班发现，会不会判定小倪违规？甚至认为她"不诚实"、有"欺骗"行为，把她清除出护工队伍？这样的逻辑自是不能说服我，心底里，我还是为37床感到庆幸，因为小倪是那个愿意偷偷拿别人的水果给他吃的护工，这是最朴素的、能让我相信的善良。

今天，很意外，37床的柜子上除了那口搪瓷水杯，还有一盒牛奶。进病房，经过他的床位，看见他床底下还放着整箱光明牛奶，不知道是谁送的。小倪大概猜出了我的心思，主动解释：快过年了，街道干部慰问孤老，上午送来的，还有两袋营养米糊，一盒达利园蛋糕，我给他放在柜子里，每天早上给他冲两勺米糊，下午给他吃一个蛋糕……我不是37床的家属，可是小倪却像在给家属汇报一样，一一罗列有关他的慰问品的安排，这让我略微生出些许自责，也许，我是可以为他做点什么的吧？他躺在与我父亲相邻的病床上，他们之间只相隔不到一米距离，可是，他们过得不太一样。

我开始给父亲做水果泥，我看了一眼邻床的他，睁着眼睛无声无息的37床。他也看了我一眼，目光移向我手里的水果。我喊了他一声：老伯伯，要不要吃一个猕猴桃？我给你削皮？

他怔了怔，没有回答，脑袋向另一侧扭去，不再看我。我抓了几个猕猴桃递给小倪，指了指37床的后脑勺说：给他吃。小倪点了点头，走到他跟前：喏，这是36床的女儿送给你的，我去给你削皮哦。

他再次扭过头看向我，嘴唇努动了一下，却什么都没说，随即，垂下眼皮，像一个羞于说一声感谢的性格内向的少年，又像是一个为孤独终老的自己感到羞耻的人，因为无助的衰老，而羞于面对邻床病友年轻的孩子。

很奇怪，那时刻，我脑中忽然浮现出奥运赛场上的一幕。自行车赛道上，戴着红色头盔的运动员以第一名的成绩冲向终点，欢呼声和掌声响彻赛场，也响起在很多上海浦东人家的电视屏幕前。戴红头盔的运动名将，是来自上海浦东惠南镇的钟天使，因为她是来自我们故乡的运动员，是我们浦东人，但凡有她的赛事，我一定会观看，怀着一些紧张与自豪，看她比赛时飞驰的身影，看她领奖时如同我邻家表妹一样朴实健康的笑脸，听她接受采访时说的一口带上海浦东口音的普通话……年轻时候的37床，也是那样的吗？在自行车赛道上飞驰，在领奖台上欢笑，在训练场上指点江山……我想象着，那个一骑绝尘的潇洒的年轻人，那个单骑走天下的孤独的中年人，那个躺在病床上吃着一日三餐医院饭永远没有亲人来探望的老人，我找不到让他们成为同一个人的时间节点，而他们，的确是同一个人。

病房中间的38床是一名肺衰竭病人，八十二岁。他的老伴正要给他套上呼吸器面罩，想让他睡个安稳的午觉。老太太瘸着一条风湿腿，弓着永远挺不直的背脊，从床尾挪到床头，弯腰接上呼吸器的插座，一边打开开关，一边冲老头叨叨：医生讲了，你只能活两个月，现在都一年又两个月了，天天这样弄你，苦煞我了你晓得吗？你怎么就不肯"去"呢？——"去"字的发音拉长并渐强，末尾还带着一个小小的颤音，浦东方言特定的语调，用这样的语调说"去"，便是奔赴死亡的意思。

38床送来安平医院的时候，家人是准备把这里当作真正的临终医院的，他们做好了一切准备，储物箱里放着整套寿衣，只等挨过两个月，到了那个时刻，为这位肺功能几近全部丧失的亲人送行。38床的家属，也将近八十岁了，老太太天天来医院，一边伺候着老头，一边等待着他"升天"的日子。老太太的腿有风湿病，腰椎也不好，身板直不起来，可她不敢不来医院，就怕哪天她缺席，老头又恰巧在那一日"升天"，她不忍他的人生伴侣在临行的那一刻身边没有一个亲人为他送行。可是她怎么都没料到，老头竟挣扎着活了下来，已经一年多。这一年多，他经历了三次抢救，心脏停过两次，都是医生给他心肺复苏按压回来的。

老头没有如期踏上去路，老太太便常常发出只有她才敢说的"怨言"，似乎，她早已盼着他爽爽地"去"了，这般拖着，他活得不舒服，也拖累了她，便时不时地要对躺在床上的老伴唠叨几句：你去么不去，我天天在医院陪伴你，我苦煞……第一次听她这么说，我心头一惊，迅速看向小倪。小倪看着我，抿着嘴无声地笑。再看我的母亲，她也在笑，一副见怪不怪的样子。显然，她们不是第一次听老太太这么说，直至后来，我也听她说过那么几次，心下便释然了。也许，在临终医院，病人和家属都拥有"百无禁忌"的权利，他们练就了某种抵挡负能量的健强的身心，为世人所避讳的不吉利的话，被他们坦然说出口，没有人认为这是一种"诅咒"，人们无条件地相互理解和信任，理解作为病人和家属的辛苦与无奈，信任那样的抱怨虽然很真实，但绝无恶意，并且默默地赞赏这种在无奈之下培养起来的坚强、乐观，以及务实。

38床家属依然天天把腿脚不便的自己挪来医院，在老头的正餐之后，她总要喂他一顿"加餐"，老面包、鸡蛋糕、桃酥饼、双酿团，老头最爱吃的甜点，她每天备得妥妥当当。下午，她给老头套上呼吸机，在机器的辅助下，他的呼吸姑且顺畅，这样，他就可以踏踏实实地睡上一觉。老头睡着的时候，她就坐在床头的椅子上打毛衣，织毛线拖鞋，她身上的红色粗毛线外套，就是利用在医院里陪护老头的时间织的。38床家属老太太，就像是病房里的一道风景，总能以色调明快的红色毛衣和"快人快语"的抱怨声让我多注视她几眼，不知道为什么，我对她很有信心，她会长寿，她还能活很多很多年。

很多次，我的先生与我一起去探望父亲，我在病房里喂父亲吃水果，他在病区里到处晃悠。这一回，他照例出去晃了一大圈，回来后在我耳边轻声说：经过多次观察，我发现一个情况，回家再告诉你。

　　　　　　　　　　送走他们的她们

作为一名生命科学科研工作者，好奇心和思维习惯让他即便是在闲逛的时候，也总是处于探究与思考的状态，并且，他很乐于与我分享他的见解，在于他，似乎是一种责任，为我这样的科学"小白"科普的责任，虽然有时候，他所谓的"见解"，只是他突发奇想的荒诞想象或者搞笑段子。

回程的车上，我问他：你的发现是什么，现在可以说了吗？

他握着方向盘点头：我发现，老年病房里，女病人和男病人的人数相差无几，可是陪护男病人的家属，多数是他们的女老伴，陪护女病人的却大多不是男老伴，而是子女……这个现象，你注意到没有？

他这么一提，我也发现确是如此，父亲住过两家医院，我因此见过很多在老年病房陪护的家属，的确是女老伴比男老伴多……我知道他想说什么了，其实，这是一个被我们探讨过很多次的问题。曾经为写作一部有关养老题材的小说，我查询过本市户籍老年人口的性别构成。2019年的数据显示，在上海，60岁及以上老年人口中，男性占48.0%，女性占52.0%；65岁及以上老年人口中，男性占47.3%，女性占52.7%；70岁及以上老年人口中，男性占46.0%，女性占54.0%；80岁及以上老年人口中，男性占40.4%，女性占59.6%；100岁及以上老年人口中，男性占24.8%，女性占75.2%。也就是说，年岁越大，老年人口中女性占比越高。

我对先生说：我来分析一下你观察到的现象吧，躺在病床上的男老人大多有老伴相陪，可是，当女老人老到只能躺在病床上的时候，她们的老伴多数已经不在人世，这说明，女人比男人长寿。我国女性预期平均寿命80.5岁，男性74.7岁，差异接近6岁，这是众所周知的吧？

他笑了：当然，这的确是众所周知的，但我想说的是，将来我老了，躺在床上不能动了，还要劳驾你来照顾我，所以，我要提前对你说一声，老婆，辛苦你啦！

我被他逗笑了，鼻子却酸酸的：现在就说，早了点吧？

他双手扒着方向盘直摇脑袋：不不不，感谢要趁早说，你看我的岳父大人，需要他说感谢的时候，他已经不会说了。所以呢，年轻的时候，健康的时候，男人该对女人好点儿，因为大多数男人走得比女人早，男人一辈子过完了，还要女人为他送行。

他这么说，我便也用同样的方式与他对答：不行，你必须活得比我久，你保证，要不然我可搞不定家里的事，我不记得我们家有多少存款，更不记得银行卡的密码，到时候孩子们为了争夺财产扯皮打架，我可搞不定，这些事还是留给你做比较好……

他抓着方向盘大笑：好好，我保证，保证活得比你久。

我顺势往下说：我活100岁，你活101岁，你比我多一年，好不好？

他又一次大笑：学渣啊！你比我小四岁呢，我活101岁怎么够？这事儿，你就听我的安排，你活100岁，我呢，活105岁，我在这个世上多留一年，处理我们的财产，就这么定了，哈哈哈……

果然是严谨的理科男，我也跟着大笑起来。我们一起笑了许久，欢乐的，以及自信的笑，仿佛，我们真能决定自己可以活多少岁。当然，这也是我们相互表达情感的惯用方式，我知道，他很愿意享受被依赖的感觉，这个有一点点英雄主义倾向的大男人，虽然几乎没有空闲沾手家务琐事，但他乐于做我的精神依靠。

话题就这么停留于此，尚且合适，可我却总在想那个问题：相伴了一生的两个人，终是要面临谁送走谁的问题，可是，到底由谁送走谁，我们却无法选择，那是生命的自主选择。然而，这个世界，似乎总在上演女人为男人送行的戏目，古时候，女人送男人赶考；战争年代，女人送男人从军；开拓的时代，女人送男人去远航、去闯荡、去拼世界……时至今日，女人亦是可以与男人一样去远航、去闯荡、去拼世界，那些女人送男人的戏码，多数只在有年代感的影视剧中上演。可是，当男人和女人完成了他们轰轰烈烈抑或平平淡淡的一生，直至终点站，我们还是发现，生命的自主选择，依然是让女人为男人送行。

我回想了一下，在我们家，就是如此，我的奶奶送走了爷爷，我的外婆送走了外公，我的大伯母送走了大伯父……老年病房里，每天也都在上演着相似的送别故事，女人们陪伴着她们的爱人，直到成为他们的老伴，直到佝偻着背脊，直到步履蹒跚，最终，她们把他们送走，而后，独自老去。

正想着，微信提示音响起，母亲给我发来信息：刚才在医院忘了问你，快过年了，要不要给小倪包个红包？

作为病人家属，我们早就见识过那份《护工守则》，父亲入院的第一天，领班就给我们阅览过，上面清清楚楚地写着"不得收受红包，不得索取小费"的规定，可我们还是有种"不甘心"，因为，时时刻刻陪伴在我们的亲人身边的，不是我们，而是护工。

我在心里默默地数着我认识的那些护工，曹镇社区卫生服务中心的方脸小彭，不会写自己名字的小张，一口川味普通话的小兰，人高马大被叫作"大胖"的小丁；父亲转进安平医院的那一日，只做了一天工就逃离的姚阿姨，还有那个会说"可怜之人必有可恨之处"的唐阿姨，喜欢腌咸菜的笑嘻嘻的小马，走马灯似的来了又走了的"七仙女"……是的，在老年病房工作的护工，几乎全是女人。为什么？是风俗习惯，文化养成，还是工作特性所致？抑或男人不屑于做这种伺候人的活计？

　　这个问题，我终是没有想得太明白。可是，我所看到的那些护工，她们除了护理老人吃喝拉撒洗漱翻身的日常，还熟识整套遗体装殓的程序，她们才是和老人们相处最多、最久的人，倘若"临终医院"是老人们生命的终点站，那么，护工就是长年守候在"终点站"里的地勤，她们是迎宾员、票务员、安检员、送宾员……她们陪伴着他们，在终点站里的每时每刻，直到那艘天堂之船来把他们接走前的最后一刻，她们为他们更衣，而后，与他们告别。

　　如此，我终于有些接受了这个事实，在临终医院，有很多女人，是来为男人送行的。这是命运的选择。

十五、和爸爸说再见

2020年1月20日，我与先生驾车从上海出发，准备用两天时间开到他的故乡四川南充，这是他自十五年前回国工作后第一次决定回乡过年。然而，就是这个年，我们遭遇了前所未有的诡异的疫情。在故乡的一个星期，我们没有去探亲访友，也没有去周边看看我先生想念已久的他的中学、他的老师，以及很多承载了他童年与少年记忆的地方。我们在家里度过了无聊的一个星期，除了为公公婆婆做饭，更多时候，我就在刷手机新闻。那些日子，我几乎无法沉下心来看书，更无法坐在电脑前写点什么。

从四川回上海的两千多公里，我们驾着车，仿佛在穿越黑暗隧道，我们不敢在休息站逗留超过五分钟，因为不知道停顿的地方或者前方会有什么厄运在等待我们。中国的高速公路四通八达，我们绕开本来必经的湖北路段，比原先的路程多开了几百公里，终于回到了上海。

事情发生变化，是在回到上海的第三天，我开始鼻塞、头痛，还有一点小小的咳嗽，也许是感冒了，我想，我们已经安全回到家，路上那么小心，没有和任何人接触，应该不会感染新冠病毒。然而，第四天，我的先生发烧了，我虽没有发烧，但我发现，我失去了嗅觉，闻不到鸡汤的鲜香味，也闻不到我那瓶刚开封的香奈尔香水浓郁的柑橘茉莉花气息，甚至把风油精瓶口塞进鼻孔，我也丝毫不被呛到、辣到。我开始高度怀疑，新冠病毒已经盘踞在我们的身体里。最担心的就是在去程中感染，那岂不是要殃及公公婆婆? 先生赶紧给父母打电话，所幸，老两口一切安好。那么很有可能，问题出在返程途中，我与先生一遍遍复盘回沪的路程，想到几个可能：第一天中午，在休息站接开水，回到车上，泡方便面，午餐。虽然开水炉周边没有聚集的人，但是，如果之前有一位感染者拧过开水龙头，而我也去拧那个龙头，回到车上，我还用我的手捏了筷子，吃了方便面……还有，为了避免与人接触，我们特地找了一家自助加油站，可是我们都忽略了那把油枪，其实，它被很多很多个来加油的司机握过……还有还有，回程的第一天深夜，我们借宿湖南湘潭某快捷酒店，倘若这家酒店里住过一位感染者，如此，接触点就太多了……

我们终是不知道究竟是哪个环节出了问题，并且，我们无法确定自己得的是病毒性感冒，还是新冠肺炎。先生说，居家静养几天，不要外出，看情况再决定。我亦是同意，因为疫情，大多数医院停止接诊，发热门诊也只是少数几家医院有，倘若不是感染了新冠病毒，去发热门诊就是更冒险的事。

那几天，我们两人躲在家里不敢出门，喝储备的板蓝根、小柴胡冲剂，以及网购的连花清瘟胶囊。两天后，我的头痛、鼻塞、咳嗽，一点点消失，只嗅觉还未完全恢复。而我的先生，却断断续续发了十天烧。从他发烧第三天开始，我就沉不住气了，想要打120送他去医院。可他却说：其实，去医院治疗，和在家里没有多大区别，知道吗？这世上还没有研制出一款能治病毒的特效药，所有病毒所致疾病，都是依靠人体自身产生免疫，你放心，一个星期，最多十天，我会胜利，相信我，这是我的专业。

因为疫情暴发，先生已经给我科普过不少有关病毒的知识，譬如，新冠肺炎，以及我们可能都患过的流感，都属于冠状病毒；譬如，为什么杀死RNA病毒的特效药很难研制出来？最根本的原因是，病毒随时在变化。病毒是自然界最简单的生命，越简单，越容易适应环境，也就越利于物种繁衍，人类射出的箭，永远追不上病毒的快速变异与繁衍。再譬如，我们得了流感，医生给我们配的那些药，是用来杀病毒的吗？当然不是，退烧药是用来降体温的，不是杀病毒的；止咳药是麻痹神经抑制咳嗽反应的，也不是杀病毒的；那些所谓的抗病毒口服液、连花清瘟等药物，也是用来缓解病毒侵袭之下的体表症状，而不能杀死病毒。

那怎么办？谁能杀死病毒？我几乎绝望了。

他瘫在沙发上，因为一个小时前吃了退烧药而额头冒汗：能杀死病毒的，唯有自身的免疫力。我们能做的，就是头痛医头，脚痛医脚，吃药当然是必须的，因为，解表很重要，目的就是调节好身体，这样，我们自身的免疫系统才能合理调动和运作起来。知道吗？人体与病毒的战斗，就是一场游击战，我们先要保存实力，让敌人放子弹，我们躲着、防着、养着，千万别去硬拼，硬拼就会同归于尽。等敌人子弹放完了，这时候，我们再发起总攻……他的科普总让我觉得像在编故事，可是无论如何，我总还是要相信他。

然而，我相信他，却不忍看他煎熬，每天给他熬粥、煲汤，放一缸热水泡澡，试图激发他身体里免疫力的产生。最严重的那一晚，第九天，他发烧到39.2度，我几乎哭着请求他：去医院吧！不能干等着啊。可他还是坚持：再等两天吧，我自己很清楚，呼吸没问题，肺就没问题，抗体正在产生，病毒快要输给免疫了。在我们实验室，感染病毒的小鼠身体里会慢慢产生免疫力，免疫力什么时候最强知道吗？两周，两周呢，这是一场战斗，从敌强我弱，慢慢地变成敌弱我强，最后，胜利是属于我们的！所以，老婆，再坚持一下……

那一晚，我几乎没有睡着，我时刻盯着他，我想通过观察他睡着时的样子，透视到他身体里究竟发生了什么，抗体是否已经产生？病毒是否正在颓败？可是，除了听到他粗重的呼吸声，偶有一两声咳嗽，还有，他汗津津的脖颈和额头，我什么都看不见，看不见他身体里的免疫系统与病毒正在进行一场怎样激烈的战斗，除了呆呆地看着他，我别无所能。

然而，奇迹竟然发生，第十天，他开始退烧，体温

37.5度；第十一天，36.8度……他获胜了，这个犟头倔脑的男人，他没有让我白白相信他，居然，那一场被他描述得像是虚构的故事一样的战斗，是真的。

事实上，直到今天，我都不甚清楚那十天我们究竟遭遇了什么，是患了一场普通的流感，还是与新冠病毒相会而后告别。笼罩在我们小家上空的阴霾终是消散了，这让我对武汉的疫情也乐观起来，也许，很快就能见到云开日出了吧？

然而，平静很快被打破，先生退烧后第三天，安平医院发来父亲的病危通知，原因，吞咽功能退化，导致进食呛咳，引发肺炎。医院允许危重病人家属选派一人与医生会面，弟弟已经在年假结束后飞回重庆，我不放心母亲独自去医院，便决定由我开车前往。

那天下午，安平医院二病区俞主任及主治医生张欢欢接待了我。俞主任说：阿尔茨海默病患者拖到后期，多会引起并发症，肺炎其实不是什么大病，一般情况不难治疗，但是，病人已经卧床五年，脏器本就已经很脆弱，治疗的难度就大了。如果你们觉得有必要，可以转大一点的医院。

这是一种令我觉得耳熟的说法，当病人已经救无可救的时候，医生多半会这么说，"如果你们觉得有必要"，可是我又如何判断是否有必要？于是我问：去大医院，有什么与这里不同的救治措施吗？

俞主任说：别的没有不同，只有插管呼吸机，我们没有设备，大医院有那种大型的呼吸机，非自主呼吸，病人能多维持几天吧。

我开启了某种假设：插管与否，区别就是多维持几天还是少维持几天吗？插管会不会很痛苦？

俞主任笑了：这样的问题，你叫我如何回答呢？不同的病人，病情各不相同，但是有一点，一旦决定插管，病情一定是极其危重了，可能是最后一搏，有些病人插管以后最终也救不过来。插管呼吸机的患者肯定痛苦，因为毕竟是有创操作，所以要考虑使用插管以后的价值，如果基础病特别多的老年人，只能增加痛苦，救治过来的可能性又不大，这时候就要权衡，是否选择让病人少受痛苦为上。所以，转院与不转院，还需要你们自己考虑。当然，我也遇到过很多不转院也化险为夷的病人。

我开始犹豫不决，我不能想象，在他的喉咙上开一个洞，插入一根管子，强行把气管扩张开，而后，深深地插到肺部，让一台机器代替他做呼吸的循环，这样的治疗对于他而言有多大的意义？又有多大的痛苦？可我还是不甘心，于是打了很多电话，咨询了多家二级和三级医

和爸爸说再见

院，得到的答复几乎一样：接收急救病人，但不接收转院病人。因为，疫情依然严峻，医院尽可能减少流动。

如此，只能寄希望于命运了，也许，他会成为俞主任从医生涯中又一例化险为夷的成功病例。我努力说服自己，艰难而又带着侥幸。

因为疫情，病人家属不能进医院陪护及探视，那几日，护工小倪随时在微信里向母亲汇报父亲的状况，我也与主治医生张欢欢保持着微信联络。这个长着一张胖乎乎的圆脸的年轻医生，我见过很多次她全心投入工作的样子，遇到病人紧急救治，她从办公室急速奔跑到病房；给病人按压心脏起搏，她大汗淋漓却不顾一切……她还很年轻，长得像我曾经带过的某一位80后学生，不知道为什么，我对她有种莫名的信任，她让我感觉到，她还保有一颗未被磨灭热情的心。

接下去的日子，我们就在张医生与小倪发来的信息中了解父亲的病况。每天，只要微信提示音响起，我就会条件反射似的在心里默念多遍"阿弥陀佛"，而后拿起手机，打开微信。那一条条令我心惊肉跳抑或略微舒缓的信息，常常让我期待而又恐惧。

"昨晚两点血压低至40，抢救措施下去后，有所好转。"

"今天血压回升了一些，心跳有点快。"

"体温38.7度，已用药。"

……

我能想象，很多个午夜时分，张欢欢医生奔跑着冲进病房的样子。而他，我的父亲，正以身体机能的紊乱，以及心跳、血压、体温跌宕起伏的变化告诉我们，他已然挣扎在了生命的边缘。我终于感觉到自己是多么无能，除了祈祷，我什么都做不了，甚至无法陪伴在他身边。我能做的，只有不断地感谢医生，请求他们全力救治，并且向张医生承诺：如果这次我的父亲能转危为安，我要给医院送锦旗，给你写表扬信……

送锦旗、写表扬信，多么庸俗而又虚伪，这样的事向来为我所不屑，我总觉得，这近乎哗众取宠的形式，多为广告或沽名钓誉所用。然而，这一次，我竟是发自内心地想要这么做，并且在张欢欢医生面前发出粗俗的表白，仿佛，医生能否全力救治我的父亲，是一面锦旗和一封表扬信能决定的，我确信，这是对医者的亵渎，亦是对自己的羞辱。可是，我还是毫不犹豫地对张欢欢医生说：如果这次我的父亲能转危为安，我要给医院送锦旗，给你写表扬信……我一边为自己的行为感到羞愧，一边又极其真诚地想要感谢救治父亲的人们，却因无能为力而

　　　　　　　　　　　和爸爸说再见

显庸俗，连我的真诚，也仿佛穿上了一件"虚伪"的外衣。可我真的很希望可以把那面锦旗送出，我不怕变成自己曾经不屑的样子，只要父亲能转危为安。

我一边默默祈祷，一边告诫自己，所有的幸运，只是一种"也许"吧，要有一切可能的思想准备。果然，经过十多天的抢救与治疗，父亲的病情还是急转直下，医院再次发出病危通知，并且同意家属进病区守候。那段日子，医院处于停诊状态，并禁止外来人员入内，之所以同意我们进入，是因为医生断定，我的父亲将不久于人世，而他们有责任让家人在场。

最后的时刻终是要来临了，我和母亲，我们轮流守候在病房里。可是不知道为什么，我依然心存一线希望，看着躺在病床上的他，连接着他身体的监测仪发出"嘀——嘀——"的声音，平静而坦然，我总觉得，那可能就是他以后的生存方式吧？因为，在老年病房，我见到过太多被仪器连接着的躯体，他们活了很多很多个不知快乐、不知幸福、不知酸甜苦辣的日子，我的父亲，难道不也可以那样活着吗？

是的，我已经很多次用到这个词——"躯体"，没有思想、没有灵魂、没有表达，甚至永远紧闭着双眼的那一具活着的躯体。我开始怀疑，怀疑我们所做的一切努力有什么意义，怀疑作为亲人的我们究竟想要得到什么，是留住一份依然存在的爱？保住一个从未空缺的家庭席位？拯救自我的虚空？弥补内心的愧疚？舍不得他？心疼他？留住他，给他健康、崭新的生命和生活？不不，我们无法给他健康的生命和崭新的生活，哪怕一点点爱的感受力，我们也给不了。我们无能为力，可我们依然想要挽留他，让他活着。

其实，父亲住进医院后，我也常常想到，某一天，他会和他的病友一样，需要我们去面对他的弥留，以及死去。然而，在进入第五个年头之前，这一天一直没有来，我为此而感到庆幸。我总是以为，他在病床上缓慢地活着，会活得很久很久。而我们，已经习惯了他以这样的方式存在，没有语言的交流，没有聚焦的目光。他以一具肉身的存在，给予我们精神上的抚慰。而我们已然遗忘了某种质疑，他痛苦吗？他有没有感到生不如死？他是否愿意持续经受疾病的折磨，只为活着？还有一些时候，我又会反过来想，那些呼吁安乐死合法化的人，那些健健康康地活着的人，以解救濒死之人的痛苦为名义的声张，是否真的符合病人的心意？他们真的愿意死吗？我不知道。

终于，这一天来了。

　　　　　　　　　　　　和爸爸说再见

他躺在床上，戴着氧气面罩，他的鼻腔、手腕、腹部、胸腔口，连接着无数线路、管子、针头和夹子，它们通向他身旁的监测仪。屏幕上的数据和图线不断起伏，一次次跌到谷底，抑或升至极限，又一次次恢复平稳。那具活着的"躯体"，却显示出前所未有的沉着与安静，闭着眼睛，抿着薄薄的嘴唇，没有发出痰气浓烈的粗重呼吸，没有咳嗽，没有呓语，仿佛，他知道一台仪器正替代他发出生命的声音，他只需安静地躺着，任凭"滴滴"声以毫无感情的声线向我们播送他活着的密码。可我还是看出了他垂危的样貌，因为水肿，他的脸庞宽阔了一圈，他变胖了，他闭着的眼皮下溢出些微脓液，仿佛饱含着积郁的热泪，他的胸口与手背因为频繁扎针而布满大块大块的淤青……

爸爸，你痛不痛？我在心里问他。他没有回答我，他不可能回答我，于是我伸出手，去握他那只连接着输液针与血氧夹的手。一瞬间，我触到一丝暖意，以及他手心里依然保存的一点点弹性。我突然意识到，他是温暖的，他是柔软的，他是我活生生的爸爸啊！眼泪瞬间涌出。是的，这就是我要的，他的温度，他依然暖着的手心，他还活在我身边的证明。我抚摸着他淤青斑驳的手，鼓起勇气，对着他，开口轻语：爸爸，坚持啊！会好起来的，挺住……

他会挺过去的，我总觉得。四十年前，年轻的司机遭遇一场车祸，从手术台上下来，他在病床上躺了三个月，他挺过来了。五十年前，他刚从部队复员，进工厂工作，某一个夜班，他的手指被机床压断，他被同事送进医院缝针，回家已是凌晨两点。他的妻子正身怀六甲，他不忍吵醒她，悄悄进门。剧烈的疼痛让他无法入睡，他坐在餐桌边看了一夜报纸，没有发出一声呻吟……我想，他能挺过去的，这么坚强的人。

"家属准备寿衣吧，估计今天挺不过去"，医生对我们说。在老年病房，这是医生最常说的话，没有人忌讳。虽然我们也早有思想准备，可是侥幸心理让我从未真的去实施这么具体的准备，并且，疫情防控期间，医院外面的殡葬用品店和"一条龙"服务悉数关门。母亲急得不知所措，哪里去找寿衣啊！你知道吗？她问小倪。

小倪亦是不知道除医院门口的门店以外别的途径。我拿出手机搜索，百度、饿了么、美团，我不能确定这些软件里有没有卖寿衣的店家注册，我一边搜寻，一边思索，如果找不到寿衣店，是不是要回家翻出父亲没穿过的新衣？终于，高德地图上跳出一个电话号码，殡葬用品厂商直销，于是打过去。下午，直销店店长开着车亲自送

和爸爸说再见

来我为父亲选定的衣服，灰色大衣、黑色西服、白色衬衣、红色领带……

他在氧气面罩和各种管子的连接下依然努力呼吸着，我们却已经把他的寿衣送进了病房。母亲的脸上终是露出欣慰之色：你外公当时就这样，医生说不行了，准备寿衣吧。寿衣买回来了，结果他又挺了三年，寿衣是冲喜的，所以老人都会提前给自己准备寿衣……这是母亲的愿望，不能说也是我的，但我总觉得，他能挺过去，不是因为寿衣，而是因为，他坚强。

2020年2月19日，深夜十一点，刚从医院回到家，洗完澡，靠在床上刷手机新闻，看全国疫情进展。电话铃声骤响，是值班医生的声音："快来吧，不太好，今晚可能挺不过去"。

一个小时前，刚与值班医生说过再见，他告诉我，有情况随时给我打电话。三天来，都是这么过的，白天在医院陪护父亲，深夜回家睡觉。每天早上，我都是一早到达医院，在大门口测量过体温，被消毒水喷洒过一遍，随后走进门诊大厅。没有一个走动的人，没有一盏亮着的灯，所有诊室都关着门，仿如鬼城里刚被废弃的医院，仪器还在，药品还在，玻璃小窗上的"挂号""付费""取药"等红色大字依然显赫，然而，一切都静止了。穿过门诊走廊，过露天长廊，到二病区，上楼梯，终于听见熟悉的声音，老人的哭泣、呼喊、吼叫，抑或残喘的呼吸，以及代表生命在继续的监测仪"嘀嘀"声响，还有，护工们的脚步声，戴着口罩的闷闷的说话声，偶尔窜出的呵斥和骂声……三天来，我几乎越来越喜欢待在老年病房，因为，这个离死神最近的地方，却充满了"活"的声音，虽然每一天，医生都会向我们预告：今天可能挺不过去。然而，都没有应验。

倘若今晚父亲能挺住，就是第三天了，我一边把汽车开到限速临界点，一边告诉自己，会好起来的，会好的。深夜的中环几乎没有车，路灯却一如既往地通亮。人们已经在家里困守了一个月，武汉的疫情正见转机，火神山和雷神山已经开始收治新冠病人，抗击疫情的战役正打得如火如荼。

午夜零点，终于赶到医院，敲开大门，门卫已接到病区通知，快速放行。穿越黑暗的门诊大厅，进入白亮的老年病房，走廊尽头，是父亲的病房，我一路小跑，跨入。没有监测仪"嘀嘀"作响，母亲站在父亲的床头，抬起挂满眼泪的脸：你爸爸，走了！

他躺在病床上，闭着眼睛，仿佛正在一场浅浅的昏睡中，与以往任何一天一样，他并没有让我感觉已经离开。我看着他，疑惑以及惊异于自己的平静，接下去，在医生的引导下，我完成了一系列必须要做的工作，开病亡证明，签字，给殡仪馆打电话，给弟弟打电话……

好了，没有别的事了，现在，我们要给父亲换衣服了。母亲拿出储物箱里的寿衣，小倪喊来几个护工，他们围在父亲床周，快手快脚地操作起来。二十分钟后，都穿戴整齐了，只剩下领带。我喊住小倪：等等，领带，我给爸爸系。

我要给他打一个最豪华的"温莎结"，他向来爱漂亮，他知道自己长得比较帅，他对穿衣一直有要求，所以，不能敷衍他。

我把领带套进他松弛的脖子，我用了很长时间，打了一个复杂的温莎结，然后，轻轻收紧。宽阔雍容的温莎结抵住了他的下巴，他平静的脸顿时变得煞有介事起来。是不是太紧了，爸爸？我伸手抻了抻他的衣领，触碰到他依然暖热的脖子，是的，这是我的父亲，刚停止心跳，依然温暖着的父亲。

很多很多年前，他下班回家，工作皮鞋踩着楼梯发出"噔噔噔"的声音，健捷而明快，十岁女孩听见他的脚步声，守候在楼梯口，他一出现，她扑过去，吊在他的脖子里，他温暖的脖子。现在，我在他温暖的脖子里系上了领带，好了，我西装革履的爸爸，帅气的、煞有介事的爸爸，他要走了。

殡葬工把他推上车，母亲说：快和爸爸说再见，说爸爸走好。就像小时候，他要去上班，开着他的小货车，母亲在身后叮嘱我和弟弟：快和爸爸说再见……

我无法启口，我在心里说：爸爸，再见啊！两天后我们去送你，你等我……

殡葬车消失在夜色中，站在黑暗的马路边，我终于泪如泉涌。他走了，不会回来了，这是真的。

九个月后的下元节，我们把他送到了东海边最漂亮的墓园，他住的区域，叫"海棠园"。墓碑上的那张照片，是他六十岁退休时拍的。那时候他还显得很年轻，饱满的脸颊，光亮的额头，眼神炯炯，嘴角微微向上牵扯，是微笑，他把微笑留在了墓碑上。母亲看着他，说：以后你们给我选照片，要挑一张和你爸爸年龄差不多的，精神点的，要不然看起来不般配，是不是？

从墓园回来，开车经过新川路上的安平医院，看见那扇熟悉的大门，那栋他住了两年的四层小楼，我忽然有种错觉，似乎，我们应该扭转方向盘，左拐弯，把汽车开进那扇大门，然后，进入那栋小楼，上电梯，三楼，走廊，看见他了，他躺在第四间病房里，靠窗，36床，我对着他呼唤：爸爸——

汽车一掠而过，安平医院被我们抛在了身后，看不见了，他生命的"终点站"，离开了我的视线。

忽然想起"锦旗"与"表扬信"的承诺，虽然，父亲最终没有被抢救回来，可我还是觉得需要给全力救治他的医生一个交代。我拿出手机，给那个长着一张胖乎乎的圆脸的叫张欢欢的医生发去了一条微信：张医生好！刚忙完父亲的落葬事宜，得空给您发个信息。非常感谢您对我父亲全力以赴的救治！老者老矣，而我们将要面对的艰难并没有停止。谢谢您的辛苦付出，也替我谢谢俞主任。感谢医者，不仅仅感谢你们医治病患，更感谢你们成为每一个生命自始至终的承担者。

很快，我收到回复，只一句话：这都是我们应该做的。

我把微信给母亲看，她问我，要不要也感谢一下小倪？我说好啊，你有小倪微信，你发信息给她。母亲拿起手机，又犹豫起来：可是，感谢了小倪，要不要感谢小马？还有小彭，唐阿姨……父亲在两所医院里的五年，前后经历了九位护工，要全部感谢一遍，还是选择其中的几位？母亲思忖了许久，最后只给小倪发了一条最简单

的信息：今天我们给老薛落葬了，谢谢小倪，祝你健康
快乐。

　　又是一个月后，某一夜，我梦见父亲复活了，他躺在
老年病房的那张床上，医生刚宣布他的心脏已经停止跳
动，我正在给他打领带，忽然，他的眼皮翕动了一下，然
后，居然睁开了眼睛，紧接着，他发出一记刻意的、重
重的咳嗽，目光里竟带着狡黠和揶揄，而后，突然开口：
囡嗯啊——

　　小时候，考试前夕的夜晚，我躲在房间里偷偷看闲
书，他发现了，一定会先在门外发出一记重重的咳嗽，而
后推门进入：囡嗯啊——我知道，他每次重重的咳嗽，
都是在向我发出预告：我来啦！你把闲书藏好了，别让我
发现……

　　醒来，心情竟是平静的，没有伤痛感，却好奇，怎
么会做这样的梦？于是上网查询，各种解读，不一而终，
其中有一条，终是让我选择相信。

　　　　凡梦亡故之灵自言复生者，是其人再世而已梦之
　　也……身忽死而复生者，福来寿永之征也。
　　　　　　　　　　　　　　　　　　——《梦林玄解》

那是他在托梦给我吧？他告诉我们，他已投生新的世间？抑或，他要用一记重重的咳嗽提示我：你总说我忘了你，怎么会呢？你是我的"囡嗯"啊！其实，我一个都没把你们忘记呢……

好吧，我愿意相信，他在另外一个依然可以记得我的世界里活着，是的，他当然应该记得我，他的女儿，我相信，就像相信父亲一样，相信一个梦。

缓慢地活着

　　父亲在医院的老年病房里躺了五年，这五年间，我无数次想到，他要离我们而去了，老年病房只是他人生的"终点站"，未来的某一天，当他真的要登上那艘开往天堂的船的时候，我需要做什么？给他准备哪些他喜欢的衣物？要不要通知他退休前的单位和他最铁的老哥们？请哪些亲朋好友来参加告别仪式？要为他写一篇怎样的悼词？还有，买天长园还是清逸静园的墓地……他还躺在病床上的时候，我就在想这些问题。有时想着想着，忽然心头一紧，自责不已。他的心跳还平稳，呼吸亦通顺，正常的新陈代谢表示他的生命还在持续，我却在思考如何面对父亲的死亡。这让我不禁怀疑，我一直自以为理性与务实的性格，其实是一种冷酷与无情？这种时候，我就会让自己的思维戛然而止，仿佛不去想"死亡"，死亡就不会发生。可是，依然会在不经意中一次次地想起那些"冷酷无情"的事，想到最后，总会归结到悼词。

是啊！倘若为父亲写悼词，我要怎么开始？我想到的第一句话是：他从来知道自己是一个平凡的人，所以，他一直想要做点不平凡的事，以企及他某些不曾被我们知道的理想，这让他的人生总是处于上下求索的紧张进取中……

可是，躺在医院病床上的父亲一直很好。虽然他早就失去了记忆，不会行动，不会说话，也不会认人。可他的消化功能似乎不错，吃喝拉撒规律有序，心脏也没坏，高血糖、高血脂这些老年人的普遍毛病，他都没有。他还很能吃，喂他饭菜或水果，他会张嘴吞入、咀嚼、下咽……这是他最后五年里与我们互动的唯一方式。在汤匙碰到他的嘴唇时，他以张嘴来回应，直至最后一年，只要床头出现一个俯瞰的人影，他就会张开嘴巴，如嗷嗷待哺的幼雀。

他变成了一个婴儿。吃，是他屈指可数的生命特征中唯一的主动行为。

在刚开始出现失智症状时，他变得怯于外交，逃避人情往来、家政事务。他越来越怕麻烦，从我们家的发言人、责任人、一家之主，渐渐变成一个缺乏逻辑、缺乏担当的"自私"的人。而那时候，我们并不知道，阿尔茨海默病正一点点"蛀空"他的大脑，他已经无力面对一切需要脑力甚至智慧的生活。

他用了三年时间，从失忆，发展到失智、失能，最后，他住进了医院。在那三年中，他忘记了我们全家，忘了陪伴他大半辈子的老妻，忘了他的一双儿女，然后，忘了他自己。后来，他躺在医院里的五年，我没有再去写他，因为，他停止在深度的失智与失能中，没有任何新的进展，一张病床，是他的全部生存空间。那又有什么好写的呢？他无法与我们交流，他只是维持着生命。那也不能叫生活，他只是缓慢地生存着，缓慢到我们看不见死神究竟离他有多远。

看不见死神，而我又确知，死神就在周围。于是，我总要猜测，某一天，死神忽然造访父亲，那时候我该怎么办？我需要做什么，才能尽到我作为女儿的职责？甚或，我要怎么做，才能如实确切地表达我对父亲的爱？尽管，最后的一切都只是形式，可我总需要用一些形式告诉父亲以及他的亲朋好友，他是一个得到了爱的人，这是他有限的人生最大的成就。

就这样，想了五年，他却一直在老年病房里井然有序地活着。他每天都能见到他的老妻，每个礼拜都能见到他的女儿，一两个月，就能见到他在外地工作回来看他的儿子。虽然他并不知道，站在他床头的那个人究竟是谁，但我们依然在看到他如同嗷嗷待哺的鸟雀一样张开嘴巴时笑他：就知道吃哦，爸爸，你是不是吃货？

这么开他玩笑的时候，我们总以为，他会一直如此，缓慢地活下去，活得一天比一天平凡，平凡到几乎没有存在感，平凡到我们渐渐忘了他年轻的时候也曾有过上下求索、紧张进取的生活。

2020年二月中旬，新冠疫情最为严重的某一天午夜，死神终于不期而来。这个总想着要逃避一切外交事务、人情往来的人，仿佛就是要挑一个无须应对那些烦琐事务的日子，然后，不需要抢救，不需要挣扎，安静地离开。

他离开了，因为疫情，没有告别仪式，没有众多亲友为他送行。五个至亲的人，在规定的时间内，匆匆送走了他。他消失在那道铁门内，我努力抑制着难以平复的哭泣，那么短，那么短的告别，他选择这样的时机离开，他让我哭都还没哭够，就消失了踪影。是的，我所有想好的，为他的离去所做的预设和准备，几乎全部无法实现，他甚至不给我为他写悼词的机会。

没有盛大的告别仪式，这让我并不觉得他果真已经不在了。看到应季水果上市，我会想到多买点，周末带去医院，或者，在淘宝上看到打折的尿垫和奶粉时，情不自禁地想要下单囤货，那一瞬间，我会忘了他已经不在人间。他的确已经很久没有参与我们的生活，他用五年无声的时光让我们一直以为，他住在一家医院的老年病房，他像一个婴儿一样，在每一个人影俯瞰着他的时候张开嘴巴，等待着我们的投喂……他以这样的方式拒绝我为他写悼词，所以，我总是以为，他依然活着，缓慢地活着。

他终于还是登上了那艘天堂之船，有时候我会庆幸，幸好，他在"终点站"里逗留了五年，他用五年时间，让我们与他做了一次漫长的告别，漫长到让我有种错觉，似乎，他是不会离开的。也许，他就是不想让我们觉得他离开了，所以，没有给我为他写一份悼词的机会吧?

好吧，那我就写一写他和他的"终点站"吧，写一写生活在终点站里的人，那些陪伴着他度过五年时光的护工和病友，写一写他，这个还在我心里缓慢地活着的人。

他真是一个太过平凡的人了，平凡到我不知道他是不是有过理想，可是我想，他应该对自已感到满意，因为，他是一个得到了爱的人。

薛舒

2022年7月7日 初稿 于润地华庭

2022年7月22日 完稿

图书在版编目（CIP）数据

　生活在临终医院：最后的光阴 / 薛舒著. -- 上海：上海文艺出版社，2023

　ISBN 978-7-5321-8824-6

　Ⅰ.①生… Ⅱ.①薛… Ⅲ.①纪实文学－中国－当代

　Ⅳ.①I25

　中国国家版本馆CIP数据核字(2023)第177863号

发 行 人：毕　胜

策　　划：李伟长

责任编辑：解文佳

特约编辑：刘　会　刘　婧　罗丹妮

封面设计：李政坷

内文制作：李俊红

书　　名：生活在临终医院：最后的光阴

作　　者：薛　舒

出　　版：上海世纪出版集团　　上海文艺出版社

地　　址：上海市闵行区号景路159弄A座2楼 201101

发　　行：上海文艺出版社发行中心

　　　　　上海市闵行区号景路159弄A座2楼206室　201101　www.ewen.co

印　　刷：山东临沂新华印刷物流集团有限责任公司

开　　本：1092×850 1/32

印　　张：9.625

字　　数：153,000

印　　次：2024年1月第1版 2024年1月第1次印刷

I S B N：978-7-5321-8824-6/I·6954

定　　价：65.00元

告 读 者：如发现本书有质量问题请与印刷厂质量科联系　T：0539-2925888